나
나

이희영
장편소설

나·

창비

# 차례

"우리 죽은 거냐?"

"그럴지도."

"그런데 멀쩡히 숨 쉬고 말하고, 저렇게 주스도 마시잖아."

"그럼 안 죽었네."

"하지만 아무도 우리를 볼 수 없는데? 우리가 하는 말도 못 들잖아."

"그럼 죽었나 보지."

"아니, 사람이 진지하게 묻는데……. 너 지금 상황 파악이 전혀 안 되지?"

"잔뜩 흥분한 누구보다는 잘 돼."

"차라리 벽을 보고 이야기하자."

"저기 있네, 벽."

"그래, 정말 고맙다! 됐고, 그나저나 우리 이제 어쩌지? 일주일 밖에 시간이 없다고 했잖아."

"시간 되면 선령인지 뭔지 그 아저씨 따라가야지, 뭐."

"와! 너 정말 끝까지…… 영혼 없는 대답만 할래?"

# 제1장 잃어버린 영혼

아침 6시 익숙한 알람 소리에 '나'는 눈을 떴다. 알람은 절대 좋아하는 음악으로 설정하지 말라고 하던데, '나'는 전혀 상관없는 듯했다. 알람은 울린 지 십 초 만에 꺼졌다. '나'는 침대에서 내려와 스트레칭을 했다. 간단한 동작으로 목과 어깨를 이완시킨 후, 핸드폰을 열어 명상 음악을 틀었다. 잔잔한 음악 사이로 새소리와 물소리가 흘러나왔다. '나'는 길게 호흡을 내뱉은 후, 바닥에 앉아 명상에 돌입했다. 그러나 '나'의 머릿속에는 분명 오늘 있을 쪽지 시험과 수행 평가가 차례로 스쳐 지나갈 것이다. 오 분여의 시간이 흐른 뒤, '나'는 일어나 방문을 열고 욕실로 향했다. 덜컥 소리와 함께 문이 닫혔다. '나'는 샤워를 시작할 것이며, 또 다른 나는 텅 빈 방 안에 홀로 남았다.

"그래요, 백 번, 아니 천 번 양보해서 스트레칭은 몸이 하는 거니까 그렇다 치자고요. 그런데 어떻게 명상을 영혼 없이 할 수 있어요?"

청바지에 후드 티를 입은 저승사자를 노려보며 소리쳤다. 갓에 두루마기까지는 아니더라도 명색이 저승사자라면 검은 정장 정도는 입어 줘야 예의 아닐까? 그런데 찢어진 청바지에 후드 티라니. 그나마 양심은 있는지 후드 티는 검은색이다.

"이봐요, 저승사자!"

벽에 비스듬히 기대서 있던 그가 붉은 입술을 말아 올렸다. 하얗다 못해 창백한 피부에 보랏빛이 감도는 기묘한 눈동자, 피처럼 붉은 입술. 주위에서 흔히 볼 수 있는 보통 사람이 아니었다. 무엇보다 그의 주위에는 냉기가 흘렀다. 단순히 차갑다고 말할수 없는 오싹한 한기.

"저승사자 아니라고 몇 번을 말해. 공부 좀 한다길래 이해도 빠를 줄 알았는데. 뭐야, 전혀 상황 파악을 못 하고 있잖아."

생각 같아서는 모른 척 발이라도 세게 밟아 주고 싶었다. 그러나 그럴 시간조차 아까웠다. 이 상황은 하루하루 날짜가 바뀔수록 점점 더 내 영혼을 앗아 가니까.

저승사자인지 뭔지 모를 그가 비스듬히 기댄 몸을 일으켜 다가왔다.

"선령이야. 사냥할 선(獮)에 영혼 령(靈), 한마디로 살아 있는 영혼을 사냥하는 이들이지. 사령을 데려오는 저승사자들과는 전혀 다른 일을 한다고."

선령이 길고 가는 손가락으로 콕콕 내 미간을 찔렀다. 나는 얼음장 같은 손을 거칠게 치워 버렸다. 영혼과 육체의 분리가 죽음이라지만, 사실 이것만큼 관념적인 것도 없었다. 지금껏 누구도 영혼의 존재를 과학적으로 증명하지 못했으니까.

그 순간 딸깍 방문이 열리더니 익숙한 얼굴의 열여덟 살 고등학생이 들어왔다. '나'는 흥얼흥얼 콧노래까지 부르며 드라이어로 젖은 머리를 말렸다.

그래, 역시 백 번 천 번을 양보해 죽은 후 영혼이 몸 밖으로 빠져나온다 치자. 그러나 저렇게 젖은 머리를 말리고 얼굴에 스킨과 로션을 바르는, 엄연히 살아 있는 육체에서 어떻게 달랑 영혼만 빠져나올 수 있을까? 영혼이 빠져나온 저 몸은 과연 살아 있다고 말할 수 있나? 다른 사람에겐 보이지 않는, 그렇게 영혼으로 남아 버린 나는 과연 죽은 것일까?

"저기요! 산신령인지 나무꾼인지. 대체 이게 말이 돼요? 지금 거울 앞에 앉은 애가 바로 나라고요."

영혼으로 빠져나온 내 눈앞에서 등교 준비에 바쁜 저 아이는 로사여고 2학년 한수리, 바로 나다.

"말했잖아. 우린 죽은 자의 영혼을 데려가는 저승사자가 아니야. 너처럼 육체에서 분리된 생생한 영혼을 데려가는 특수 임무를 맡았지."

그가 얼굴에 웃음기를 지우고 표정을 굳혔다.

"그리고 마지막으로 경고하는데 더 이상 나를 엉뚱하게 부르지 마. 난 산신령이 아니라 선령이라고!"

"아, 네네. 알겠습니다, 선령 씨. 그런데 그럼 나, 아니 쟤는 앞으로 어떻게 살아요?"

단 한 번도 상상하지 못했다. 스스로를 쟤라고 부르게 될 줄은⋯⋯. 세상 그 누가 자기 뒷모습을 생중계로 볼 수 있겠느냔 말이다.

"어떻게 살긴. 그냥 영혼 없이 사는 거지."

"사람이 어떻게 영혼 없이 살아요!"

소리를 빽 내질렀다. 선령은 태연한 표정으로 어깨를 으쓱해 보였다.

"생각보다 많아."

"⋯⋯."

"영혼 없이 사는 사람들. 너도 곧잘 말하잖아. 영혼 없는 인사, 영혼 1도 없네, 영혼이 가출했네. 뭐 그뿐인가? 영혼이 콩이나 과일이야? 뭐만 하면 영혼을 갈아 넣었대. 그렇게 쉽게 갈아 넣을 수 있는 거, 차라리 없이 살면 좀 어때?"

물론 그런 이야기들을 자주 내뱉었다. 단순한 유행어였다. 상대의 무심함을 장난스레 말하거나, 무언가를 힘들게 해냈다는 우회적 표현이기도 했다. 옛말에 말이 씨가 된다고는 하지만, 정말 영혼을 상실한 채로 살아갈 수 있다는 사실이 믿기지 않았다. 이 기막힌 일을 과연 누가 믿을까?

나는 거울 앞에 앉아 등교 준비를 하는 내 육체에게 다가갔다. 한수리의 어깨에 손을 얹으려는 순간 보이지 않는 벽이 막아섰다. 나는 두 주먹으로 벽을 쾅쾅 두드렸다.

"이 바보 한수리. 똑똑한 척은 혼자 다 하면서, 네 영혼이 여기 있는데 왜 받아 주지 않는 거야. 어떻게 네 영혼을 몰라볼 수 있어? 시간이 없다고!"

내가 유령 상태로 남아 있는 건, 다른 누구도 아닌 육체가 자신의 영혼을 거부하기 때문이다. 그리고 이대로 사흘 뒤면 나는 저 선령을 따라 이 세상을 떠나고, 한수리는 영혼을 잃어버린 채 살아가게 된다. 장난스럽게 내뱉었던 말이 현실이 되어 진짜 영혼 없는 삶을 사는 것이다.

나는 내 육체를 노려보다 선령에게 말했다.

"이 방에서 지금 당장 나가요."

그가 '뭐?' 하고 되묻는 표정을 지었다. 나는 한 번 더 경고했다.

"빨리 나가라고요. 수리 교복 갈아입을 시간이란 말이에요."

"아, 미안. 그럼 나는 잠시 실례하지."

선령이 스르르 벽을 통과해 방을 빠져나갔다. 그가 사라지자 나도 모르게 피식 헛웃음이 나왔다. ○○이 배고프다. ○○이 어제 개봉한 영화 보고 싶은데. ○○이 새로 산 옷 어울려? 스스로를 삼인칭으로 부르는 건 상상만으로도 몸서리쳐졌다. 그런데 내 입에서 수리 교복 갈아입어야 한다는 말이 나오다니. 나는 고개를 돌려 잠옷을 벗는 육체를 바라보았다.

"야! 영혼인 내가 진짜 한수리냐, 아니면 육체만 남은 네가 진짜 한수리냐?"

정말 모르겠다. 이런 건 학교에서도 집에서도, 학원에서조차 배운 적 없으니까. 제 영혼을 거부하는 육체에게는 대체 어떻게 돌아가야 하는지…….

"수리야, 나와서 밥 먹어."

문밖에서 엄마의 목소리가 들려왔다.

"응."

육체만 남은 한수리가 야무지게 머리를 매만지고는 방을 나갔다. 영혼 없이도 녀석은 생활하는 데 전혀 문제가 없어 보였다. 지난 사흘 동안 한수리는 여전히 아침에 일어나면 스트레칭을 하고 오 분간 명상에 잠겼으며 세안을 한 뒤 아침을 먹었다. 학교생활역시 마찬가지였다. 언제나처럼 수업에 집중했고 친구들과 어울려 놀았으며 쪽지 시험에 완벽하게 답을 적어 냈다. 상황이 이렇다 보니 정말 내가 한수리의 영혼인지, 한수리가 영혼을 잃어버린 것이 맞는지 의심스러웠다. 영혼이 있든 없든, 한수리는 살아가는 데 아무 문제가 없어 보이니까.

"말도 안 돼. 내가 얼마나 하루하루 열심히 살았는데……."

너무 분해 눈물이 나오려 했다. 아무 생각 없이 되는 대로 살았다면 이렇게 억울하지 않을 것이다. 누구보다 최선을 다해 살아왔다. 공부는 물론이고 그 밖의 것도 늘 열심히 하려 노력했다. 나야말로 세상 누구보다 영혼 충만한 삶을 살아가고 있다 자부했는데, 영혼이 분리된 채로도 저렇듯 아무 변화가 없다니. 엄마 아빠를 걱정시키고, 한수리답지 않다는 말을 들어야 하는 것 아닌가. 영혼을 잃었음에도 너무 아무렇지 않은 수리가 서운하다 못해 야속했다. 영혼은 서랍 속 낡은 볼펜 같은 게 아닐까? 있어도 그만, 없어도 그만인, 그야말로 잡동사니 말이다.

귓가에 수리와 엄마의 웃음소리가 날아와 박혔다.

"좋아하지 마, 엄마. 저거 다 영혼 없는 웃음이니까."

나는 반쯤 열린 방문을 보며 중얼거렸다. 창밖은 금방이라도 눈이 내릴 듯 하얗게 얼어 있었다. 사흘 뒤면 크리스마스고 나는 선령을 따라 이 세상을 떠난다. 육체만 남은 수리는 앞으로 어떻게 살아갈까? 나는 텅 빈 방에 홀로 서 있었다.

내가 육체에서 빠져나온 건 지난 일요일이었다. 친구들과 커피를 마시러 가는 길이었는데, 버스로 다섯 정거장이나 가야 했다. 세계 커피 대회 수상자가 바리스타로 있어 SNS에서 유명한 카페였다. 그런 카페가 집에서 버스로 이십 분 거리에 있다니, 이 정도면 행운이지 않을까? 물론 커피 한 잔을 위해 한 시간 이상은 기다려야겠지만, SNS에 괜찮은 라테 아트 사진을 올릴 수만 있다면 충분히 감수할 수 있었다.

처음 SNS를 할 때만 해도 친구들과 가벼운 일상을 공유하는 것이 목적이었다. 인상 깊게 본 책과 영화, 가족들과 놀러 간 여행지의 소소한 풍경을 함께 나누고 싶었다. 그런데 언젠가부터 이상해지기 시작했다. 하나둘 올린 사진과 이야기 들이 조금씩 내 삶을 잠식해 갔다. 정신을 차렸을 땐 나는 공부를 잘하는 것은 물론이고, 취미와 관심사마저 다양한 사람으로 변해 있었다.

"벌써 한 해가 다 끝나 가는구나. 열심히 산 것 같은데, 왜 이리 마음이 허한지……. 남은 게 하나도 없는 것 같아."

약속에 가기 위해 거실로 나왔는데 엄마가 베란다 밖을 보며 혼잣말을 했다. 평소라면 한 귀로 듣고 흘렸을 소리가 그날따라 가슴을 건드렸다. 가끔 그럴 때 있지 않은가? 똑같은 풍경인데 유독 다르게 보이거나, 무심코 들은 한마디가 잠자리를 뒤척이게 만드는 날. 내 몸에 커다란 구멍이 생긴 듯 허한 기분 같은 것 말이다. 하지만 이내 머리를 흔들었다. 연말이라 괜한 감상에 젖었다고 생각했다. 그러나 그때까지도 전혀 예측하지 못했다. 앞으로 삼십 분 뒤 내 앞에 어떤 황당한 일이 기다리고 있는지.

그날 내가 탄 버스는 가로수를 들이받았다. 갑자기 튀어나온 오토바이를 피해 기사님이 핸들을 꺾었고, 나는 사람들과 뒤엉켜 우르르 쓰러졌다. 그것이 마지막 기억이었다.

병원에서 눈을 떴을 때 제일 먼저 본 장면은 눈물이 그렁그렁한 엄마였다. 그 옆으로 넥타이를 풀어 헤친 아빠의 모습이 보였다.

"엄마, 나 괜찮아. 울지 마."

대답을 한 사람은 엄마가 아닌 엉뚱한 목소리였다.

"오늘은 정신이 없군. 벌써 두 명째야."

나는 소리가 들리는 쪽으로 고개를 돌렸다. 검은 후드를 깊게 눌러쓴 채 벽에 기대선 사람이 보였다. 붉은 입술 끝이 비스듬히 올라갔다. 남자가 후드를 벗자 보랏빛 눈동자가 전등 아래 반짝였다.

"앞으로 일주일 후면 크리스마스인데. 잘하면 정말 멋진 크리스마스 선물이 되겠어."

하얗다 못해 창백한 얼굴이 성큼 다가왔다.

"자, 그만 일어나. 네 육체도 금방 깨어날 테니까."

남자의 목소리에는 좀처럼 거부할 수 없는 힘이 있었다. 나도 모르게 상체를 일으키는데, 평소보다 몸이 몇 배는 더 가벼워진 기분이었다.

"저 사람 누구야?"

엄마는 대답이 없었다. 여전히 울 것 같은 얼굴로 침대만 내려다볼 뿐이었다. 뭔가 잘못되었다는 생각이 들었다. 무심코 뒤를 돌아본 순간 나는 흡 하고 숨을 들이마셨다. 응급실 침대에는 또 한 명의 내가 죽은 듯 누워 있었다.

"뭐 해? 빨리 나와."

남자가 명령했다. 나는 바보처럼 침대에서 내려왔다.

"나, 나…… 죽은 거예요?"

너무 놀라 말까지 더듬는데 남자가 가볍게 어깨를 들썩였다.

"아…… 아니죠? 나 안 죽었죠? 버스에서 쓰러진 것뿐이라고요. 말도 안 돼. 버스에 치인 게 아니라 그냥 휘청하다 쓰러졌다고요. 어떻게 사람이 이리 쉽게 죽어요?"

나는 와락 남자의 옷을 움켜쥐었다. 아직 해야 할 일도, 하고 싶은 일도 많았다. 열여덟 살에 죽기는 너무 억울했다.

"나 죽은 거 아니죠? 뭔가 잘못된 거죠? 말 좀 해 봐요."

남자에게 매달리며 울먹였다. 마치 그에게 내 삶의 전부가 걸려 있다는 듯 필사적으로.

"그래, 너 아직 죽은 거 아니야."

어쩌면 꿈인지도 몰랐다. 잠에서 깨어나면 악몽은 모두 사라져 버릴 것이다. 신기한 꿈을 꿨다며 좋알좋알 떠들 것이다. 그 순간 등 뒤에서 울먹이는 목소리가 들려왔다.

"수리야, 정신이 들어? 엄마야, 엄마."

나는 천천히 몸을 돌려세웠다. 병원 침대에서 이제 막 깨어난 사람은, 바로 나였다.

"완전히 죽은 건 아니야. 지금은 육체와 영혼이 분리되었을 뿐이니까."

엄마가 울음을 터뜨리며 나를 와락 끌어안았다. 정확히는 영혼이 사라지고 육체만 남은 한수리라 해야겠다. 나는 멍하니 수리의 텅 빈 두 눈을 바라보았다.

교실 안으로 겨울 햇살이 밀려들었다. 누군가는 책에 밑줄을 긋고, 또 다른 누군가는 낙서를 했다. 부유하는 먼지처럼 따분하고 나른한 공기가 떠다녔다.

"이봐요, 선령 씨. 지금 나 저승으로 데려가려고 속이는 거죠? 내가 나를 거부하는 게 말이 돼요? 내가 쟤, 아니 내 육체한테 가까이 다가가면 생기는 그 보이지 않는 벽……"

"결계야."

"결계나 벽이나."

나는 입술을 비죽였다. 선령이 집게손가락을 흔들어 보였다.

"아니, 전혀 달라. 벽은 그냥 가로막힌 거지. 하지만,"

"……"

"결계란 불교에서 나온 말이야. '결계지'라고 해서 불도를 닦는데 방해가 될 만한 것들을 절대 안으로 들이지 않는 지역을 말하지."

나는 느리게 두 눈을 끔뻑였다. 선령의 말이 이해는 된다. 하지만 내 문제로서는 전혀 감이 잡히지 않았다.

"그럼 뭐예요. 내 육체가 영혼을 걸림돌로 생각한다는 거예요?"

"걸림돌로 생각한다기보다……."

"……."

"진짜 자기 영혼이라고 믿지 않는다는 거지."

선령의 한마디에 저절로 '헐' 소리가 튀어나왔다. 나는 무려 열여덟 해를 한수리로 살아왔다. 이 세상 그 누구보다 한수리라는 인간을 잘 알았다. 나의 육체가 어떻게 그런 한수리의 영혼을 자기 것이 아니라고 생각할 수 있을까?

나는 육체만 남은 채 노트에 필기를 하는 한수리를 바라보았다.

"도대체 영혼이 뭔데요?"

영혼이 빠져나갔는데도 수리의 일과는 평소와 다름없었다. 공부와 시험, 친구들과의 수다까지. 저렇듯 변함없는 삶을 보니, 영혼이야말로 불필요한 존재가 아닐까 의심되었다. 그렇기에 결계까지 쳐 놓으며 필사적으로 막으려는 거겠지.

"너는 뭐라고 생각해?"

선령의 질문은 마치 우주 탄생이나 신의 존재를 묻는 것처럼 막막하게 느껴졌다.

"영혼에 대해 깊이 생각해 본 적 없어요. 그냥 생명 같은 거라고, 영혼이 있어야 살아갈 수 있다고만 믿었어요. 그런데 영혼이 분리됐는데도 저렇게 할 거 다 하면서 산다면 굳이 인간에게 영혼이 왜 필요할까 싶어요."

교실에 앉아 있는 아이들 중 누구도 나와 선령의 대화를 듣지 못했다. 그건 육체 한수리도 마찬가지였다. 사람들 눈에 보이지 않고 목소리조차 들리지 않으니 신기하면서도 한편으로는 외로웠다.

선령이 손가락으로 어깨를 건드리자 한 아이가 추운 듯 몸을 떨었다. 그가 뒤돌아 차갑게 미소 지었다.

"영혼은 진정으로 느끼고 알아 가는 거야."

"……."

"그리고 단단하게 만들어 가는 거지."

"대체 뭘 느끼고 알아 가요! 그게 뭔지 알아야 단단하게 만들어 가든 말든 할 거 아니에요."

선령은 대답하는 대신 뚜벅뚜벅 교탁으로 걸어갔다. 그가 지나간 자리의 아이들은 몸을 옹송그렸다. 벗어 놓은 외투를 입는가 하면, 커튼을 걷어 창문이 열렸나 확인하는 손길도 있었다. 문득 모든 아이의 육체에 저마다 영혼이 오롯이 들어 있을지 의문이 들었다. 몇몇은 영혼이 없는 상태로 살아가진 않을까. 태연히 수업을 듣는, 육체만 남은 저 한수리처럼 말이다.

"이 반 히터 고장 났니? 누가 창문 열어 놨어? 왜 갑자기 썰렁하지?"

지문을 해석하던 영어 선생님이 팔을 쓸어내렸다. 내 시선이 선생님 곁에 나란히 서 있는 선령에게로 향했다. 볼 수도 들을 수도 없지만 모두들 선령을 느끼고 있었다. 서늘하며 오싹한 특유의 냉기로 말이다. 혹여 그는 내가 육체를 잃어버리기 전부터 내 주위를 맴돌지 않았을까?

"영혼이 영어로 뭐지?"

선령이 물었다.

"Soul."

나도 모르게 대답했다. 질문을 들으면 답을 하는 조건 반사랄까?

"Poor soul. 불쌍한 사람이란 뜻이지."

선령이 슬쩍 교과서를 건드렸다. 팔랑 바람이 불어 책장이 날렸다.

"Search one's soul. 직역하면 영혼을 조사한다는 뜻이야. 마음을 살핀다고 해석할 수 있고. 그런데 다른 의미도 있지."

선령의 얼굴에 은근한 미소가 머물렀다. 나는 아무 대답도 하지 않았다. 그가 내게 영어를 가르쳐 주려는 생각은 아닐 테니까.

"반성하다."

"반성?"

선령이 고개를 끄덕이고는 칠판을 통과해 자취를 감췄다.

영혼을 조사하고 살피는 일이, 반성의 의미라고? 그럼 영혼을 내던져 버리는 건 뭐라 해석해야 할까?

반 아이들이 한목소리로 지문을 읽어 나갔다. 단순한 대화문인데 단 한 문장도 해석할 수 없었다. 귓가에 선령의 목소리만 이명처럼 메아리쳤다.

Poor soul.

그래, 지금 상황에서 나처럼 불쌍한 영혼이 또 어디 있으려고.


저녁을 먹은 후 '나'는 삼십 분간 실내 자전거를 탔다. 자기 관리에 철저한 한수리의 오래된 습관이었다. 자전거를 타는 수리의 손에는 언제나처럼 영어 단어장이 들려 있었다. 운동하는 시간조차 허투루 보내고 싶지 않다는 뜻이겠지.

미디어나 SNS를 통해 타인의 일상을 엿볼 때마다 그것이 진짜 그들의 모습일지, 연출과 편집의 힘은 아닐지 의심했었다. 내가 SNS 게시물 하나를 위해 사진을 수십 장이나 찍는 것처럼 말이다. 그런데 육체에서 영혼만 쏙 빠져나오니 한수리의 일상이 아무런 편집과 연출 없이 고스란히 눈앞에서 재생되고 있었다. 내 모습을 실시간 생중계로 보게 되니 처음에는 황당했고 그다음에는 신기했는데, 지금은 어쩐지 낯설게 느껴졌다.

일상의 연출과 편집이 핸드폰으로 찍은 영상과 사진에만 해당될까? 나는 육체 한수리를 바라보다 절레절레 고개를 내저었다.

"우리 진짜 시간 없어. 앞으로 사흘밖에 남지 않았다고. 내가 네 몸으로 들어가야 우리는 영혼과 육체가 온전한 인간으로 살아갈 수 있단 말이야."

나는 자전거를 타며 단어를 외우는 수리에게 다가섰다. 하지만 거기까지였다. 보이지 않는 결계는 영혼이 육체에게 다가가는 것을 완강히 거부했다.

"네가 나를 느끼지 못하는 게 말이 돼? 네 영혼이 밖에서 이렇게 떠돌고 있는데. 이제 사흘 후면 나는 영원히 사라진다고. 크리스마스 계획보다 훨씬 중요한 게 있지 않을까? 응, 한수리?"

"아무리 그래 봤자 전혀 들리지 않아."

갑작스러운 목소리에 나는 흠칫 놀라 뒤돌아섰다.

"그렇게 불쑥불쑥 나타나지 좀 말아요."

"네가 못 듣는 거겠지. 아니면 듣고 싶지 않을 수도 있겠고?"

"……."

"육체만 남은 한수리처럼."

나는 입술을 달싹이다 결국 침묵했다. 듣지 못하는 게 아니라 듣고 싶지 않다고? 내가 스스로를 속이고 있다는 의미일까? 그럴 리 없다고 강하게 주장하고 싶지만 마음이 뜨끔했다. 삶의 의미는 생각하는 것이 아니라 만들어 가야 한다고 믿었다. 눈에 보이는 결과를 쌓아 올리고, 손에 잡히는 성취를 얻어 내는 것. 그 밖의 것들은 나중에 고민해도 늦지 않을 테니까.

생각하니 우스웠다. 나중은 정확히 언제일까? 쌓아 올릴 수도, 붙잡아 둘 수도 없는 시간을 참 가볍게 여겼구나. 눈에 보이는 것이 전부는 아닐 텐데.

내 시선이 선령을 지나 육체의 수리에게 머물렀다. 나만큼 저 아이를 완벽하게 알고 있는 존재는 없다고 믿었다. 하지만 지난 사흘간 그 믿음이 조금씩 부서져 내렸다. 한수리의 목소리를 차단한 건, 어쩌면 나 자신인지도 몰랐다. 스스로에게 느끼는 배신 감이란, 생각보다 훨씬 더 비참했다.

나는 선령을 향해 힘없이 말했다.

"그럼 지금이라도 데려가든지요?"

이 모든 혼란을 이렇게라도 마무리 짓고 싶었다. 그가 적잖이 귀찮다는 얼굴로 관자놀이를 긁적였다.

"순수한 사령들도 심판을 받기 전까지 저승에서 일주일을 기다려야 해. 더욱이 육체가 살아 있는 상태에서 저 세계로 영혼만 데려간다면 좀 많이 복잡해지거든."

나는 계속해 보라는 식으로 고개를 까딱거렸다.

"그러니까, 한 번쯤 기회를 주는 거야."

"다시 육체 안으로 들어갈 기회요?"

"바로 그거야."

선령이 두 손가락을 마주 튕겼다. 나는 크게 한숨을 내쉬었다. 기회만 주면 뭐 하냐는 말이다. 방법까지 함께 알려 줘야 남은 사흘 안에 다시 들어가든 말든 할 것 아닌가.

"참, 류는 어때요? 혹시 그사이 육체 안으로 들어갔어요?"

선령이 절레절레 고개를 내저었다.

"그 녀석은 너랑 달라. 별로 돌아가고 싶지 않은 모양이야."

그날 버스 사고로 영혼이 분리된 사람은 나 혼자만이 아니었다. 다행이라 여길지 불행이라 말할지 알 수 없지만, 내 또래의 남자애 한 명도 함께 영혼이 빠져나왔다. '은류'라는 독특한 이름의 아이인데, 특이한 점은 나와는 달리 다시 육체 안으로 들어갈 생각이 없어 보였다는 것이다.

'영혼 없이 사는 게 어때서. 훨씬 더 편하지 않을까? 뭐든 깊게 생각할 필요 없이 주어진 삶에 순응하면 되니까. 나쁘지 않을 것 같아.'

정말 영혼이라고는 참새 눈물만큼도 안 들어간 표정으로 말하던 아이였다.

"류는 오히려 지금이 더 편안하대."

선령이 말했다. 제 육체와 영혼이 분리되었는데도 태연하던 그 모습이 선명히 떠올랐다.

무인도에 혼자 남겨졌다고 생각했는데 사람을 발견했을 때의 느낌이랄까? 나는 한걸음에 영혼으로 남은 아이에게 달려갔다. 당황해 정신없어 하는 나와 달리, 류는 시종일관 담담한 표정을 유지했다. 감정 없는 눈빛으로 깨어난 자신의 육체를 바라보았다.

"혹시 봤어? 그 보라색 눈."

내가 물었다.

"찢어진 청바지?"

류가 대답했다. 덕분에 이 말도 안 되는 상황이 꿈이 아님을 또한 번 실감했다.

"우리 죽은 거야, 산 거야?"

다시 묻자 류가 시선을 돌려 나를 보았다.

"둘 다 아닐 거야. 보라색 눈이 한 명 더 있다고 하더니."

"……."

"이제 깨어났나 보네? 아니, 분리되었다고 해야 하나?"

그 말인즉, 나보다 먼저 영혼으로 깨어났다는 뜻이다. 고작 그이유만으로 이토록 침착할 수 있다고? 조금 의아하긴 했다.

류의 눈빛이 육체와 함께 있는 남자에게로 되돌아갔다. 그가 누구인지는 굳이 묻지 않아도 알 수 있었다.

"엄마는 집에 있어. 많이 놀란 모양이다."

남자가 말했다.

"너희 아빠한테도 영혼인 너는 안 보이는 거지?"

류는 대답하지 않았다. 결국 나는 아무 소득도 없이 엄마가 있는 침대로 돌아와야 했다. 그것이 류를 처음이자 마지막으로 본순간이었다. 내 육체를 잃어버린 주제에, 남의 영혼이 분리된 이유까지 신경 쓸 여유가 없었으니까.

"그래, 한수리. 우선 네 일이나 집중해."

문제는 어떻게 집중해야 하는지 가장 중요한 그 방법을 모른다는 거다. 나는 뒤돌아 영어 단어를 외우는 한수리에게 말했다.

"야! 너는 지금 단어가 눈에 들어오니?"

빈정거려도 소용없었다. 수리의 단단한 결계는 조금도 사라지지 않았다.

# 제2장 내버려 둔 영혼

아무리 노력해도 따라 할 수 없었다. 히죽 웃거나 빙긋이 미소 지었다. 입을 벌려 하하 소리도 내 보았다. 하지만 봉안함 옆 사진에 담긴 환한 웃음은 결코 내 것이 아니었다.

"너 좀 나와 봐. 야, 은완. 안 들려?"

"응, 안 들려. 백날 불러 봐라. 대답하나."

나는 흠칫 놀라 몸을 돌렸다. 벽에서 스르르 그림자가 튀어나왔다. 검은 후드를 눈 밑까지 눌러쓴 그는 기묘한 미소를 짓고 있었다. 후드 아래 언뜻 보이는 투명한 보랏빛 눈동자는 마주치기만 해도 빨려 들어갈 듯 기이하고 몽환적인 느낌마저 풍겼다. 그에게는 확실히 힘이 느껴졌다. 정확히는 인간의 영혼을 끌어당기는 마력이라고 표현해야겠지만.

병원에서 처음 깨어났을 때, 내 이름을 부른 건 아빠가 아닌 저 남자였다.

"오늘은 정말 바쁘군! 은류, 빨리 일어나. 곧 다른 영혼도 깨어날 거야."

남자의 명령대로 나는 침대에서 빠져나왔다. 그렇게 또 다른 나와 마주하고 말았다.

"나도 죽은 건가⋯⋯."

멍하니 서서 바보처럼 중얼거렸다. 말로 표현할 수 없는 충격적인 순간에도 머릿속에는 완이의 미소가 지나갔다. 혹여 그 녀석을 다시 만날 수 있을까, 엉뚱한 기대감도 들었다.

남자가 피식 웃었다.

"너 안 죽었어. 영혼만 빠져나온 거지."

그 순간 또 한 명의 내가 잠에서 깨어났다.

"엄마는요?"

육체의 류가 물었다. 아빠가 한숨을 내쉬었다. 아들이 깨어나서 안도한 걸까? 안색도 어둡고 많이 피곤해 보였다. 살이 빠져 주름이 도드라졌다. 혹시 다시 담배를 피우는지 묻고 싶었지만 그럴수 없었다. 아빠의 눈에는 영혼인 내 모습이 보이지 않을 테니까.

"집에 있어. 많이 놀란 모양이다."

아빠가 말했다. 류가 고개를 끄덕였다. 비록 육체만 남았지만 모르지 않을 것이다. 엄마에게 응급실이 어떤 의미인지. 이곳은 완이가 마지막으로 떠난 곳이다.

육체로 남은 류를 보자 문득 그런 생각이 들었다. 만약 영혼 없이 살아간다면 어떨까? 오히려 더 편안하지 않으려나.

"이봐! 너 아직 안 죽었어. 왜 벌써 이런 곳에 오고 그래?"

남자의 말에 정신이 번쩍 들었다. 그가 고개를 돌려 찬찬히 봉안당을 둘러봤다.

"저기요. 그……."

"선령."

남자가 보랏빛 눈을 번뜩였다. 영혼을 사냥하는 자라고 했으니 내 목에 밧줄이라도 묶어서 끌고 가면 될 텐데, 그는 며칠째 귀찮은 모기처럼 내 주위를 맴돌기만 했다. 나는 다시 유리 벽 너머로 시선을 옮겼다. 그곳에 완이가 해맑게 웃고 있었다.

태어날 때부터 작았던 녀석은 마지막도 비슷했다. 작고 좁고 답답한 유골함, 저 속에서 잘 지내고 있을까? 나처럼 엉뚱한 곳에서 떠돌고 있는 건 아닐까?

"은완?"

한 번 더 녀석을 불러 보았다. 귓가에 익숙한 웃음소리가 들려왔다. 금세 부러질 듯 강파른 팔이 느껴졌다. 내 얼굴을 어루만지던 차가운 손가락, 유독 긴 엄지발가락, 아빠를 닮은 짙은 속눈썹, 엄마와 똑같은 동그란 눈. 숱 많은 고동색 머리는 누구와 비슷할까, 아니 비슷했을까? 녀석에게 이제 현재란 없다. 모든 것이 과거 속에 갇혀 버렸다. 마치 저 작은 봉안함에 갇힌 것처럼.

선령이 지나가자 냉기가 느껴졌다.

"여긴 나중에 와도 돼."

선령이 말했다. 나는 흘낏 그를 곁눈질했다.

"그 자식 좀 불러 줘요. 영혼을 저승으로 데려갈 정도면, 죽은 영혼도 불러올 수 있지 않아요?"

"말했지? 나 이제 그쪽 소속 아니라고. 안 그래도 강제로 좌천 당해서……."

쳇 소리와 함께 보랏빛 눈이 가까이 다가왔다.

"몇 번을 말해. 너 아직 안 죽었다고. 네 육체는 지금 학교에서 수업 잘 받고 있거든. 여기에 잠든 영혼, 아니 사령들은 모두 육체 가 소멸했어."

선령이 손바닥에 대고 후, 입김을 불자 은빛 가루가 흩어졌다. 이곳의 존재들은 완벽하게 사라졌다는 뜻이었다. 남김없이, 깨끗 하게 말이다.

"아니요……. 아직 남아 있어요."

비록 눈에 보이지 않지만 나는 분명 존재했다. 그것은 녀석도 다르지 않다고 믿었다.

완이가 떠나고 사계절이 지나갔다. 눈이 소복했던 나뭇가지에 싹이 돋고 꽃이 피어나고 곱게 단풍이 들었다. 그렇게 낙엽 비가 내렸고 다시 가지 위에 눈이 쌓였다. 녀석이 사라진 일 년 동안 변 한 것은 아무것도 없었다. 적어도 엄마 아빠 두 사람의 마음속에 완이는 여전히 살아 있었다. 영원히 박제된 채, 현실보다 소중한 기억을 남겼으니까.

나는 새하얀 봉안함으로 시선을 돌렸다. 150센티도 안 되는 작은 키에 40킬로가 넘지 않는 몸무게, 아무도 녀석이 열네 살이라 믿지 않았다. 뼈밖에 없는 몸이라 유독 추위를 많이 탔는데 마지막 가는 길이 혹여 춥지 않았는지, 태어나서 처음으로 혼자 떠난 길이 무섭지 않았는지 걱정되었다.

지금쯤 완이는 어디에 있을까? 그곳에서도 자신만의 재미에 푹 빠져 있을까? 녀석은 어려서부터 쌓기 놀이를 좋아했다. 손에 잡히는 대로 차곡차곡 탑을 쌓았다. 블록은 기본이었다. 책과 카드, 종이컵과 빈 택배 상자, 심지어 밥그릇까지 쌓기 재료가 되었다. 조심조심 쌓아 올렸지만 쉽게 무너지고 허물어졌다. 그러나 녀석은 단 한 번도 실망하지 않았다. 울음을 터뜨린 적도 없었다. 오히려 박수를 치며 웃었다. 마치 그 순간을 기다려 왔다는 듯이 말이다.

바닥에 널브러진 블록처럼 세상에는 무수한 불행이 존재했다. 그러나 누구도 자신이 그 불행을 밟으리라 상상하지 않는다. 엄마도 마찬가지였다. 작게 태어난 아이라 또래보다 조금 늦거니 했다. 옹알이와 걸음마도 느렸지만 크게 신경 쓰지 않았다. 두 살 위인 첫째가 아무 문제 없이 건강하게 자라고 있었으니까.

"원래 늦자란 아이가 더 튼튼한 법이다."

할머니가 둘째 손주를 안으며 말했다.

"류도 3킬로 못 되게 태어났잖아. 지금 얼마나 건강하니? 제 형 따라가나 보다."

엄마는 동의하듯 고개를 주억거렸다.

책장에 꽂힌 앨범에는 방긋방긋 웃던 완이가 있었다. 어린 손주를 보며 할머니도 환하게 미소 지었다. 적어도 그때까지는 웃을 수 있었다. 아무도 미래를 예측할 수 없었으니까…….

"어이, 이봐. 내가 설명을 제법 자세하게 한 것 같은데. 아직 상황 파악이 전혀 안 돼? 벌써 사흘 지났거든? 오늘 지나면 앞으로 사흘밖에 없어. 그 안에 네 육체로 돌아가지 않으면……."

"않으면요?"

그가 긴 손끝으로 관자놀이를 긁적였다. 표정을 보니 제법 귀찮은 모양이었다. 어쩐지 기분이 이상했다. 다른 누구도 아닌 내가 눈앞의 상대를 난처하게 만들다니, 신기하다는 생각마저 들었다. 영혼으로 남아서일까. 공기보다 가볍고 투명한 존재가 되니 마음도 그와 비슷해진 걸까. 그렇다면 육체를 잃는다는 게 불행만은 아닐지도 모른다. 적어도 나에게는 그렇다.

"영혼인 너는 나를 따라 저승으로 갈 테고, 남아 있는 육체는……."

선령의 눈동자에 한 줄기 섬광이 지나갔다.

"그냥 사는 거야. 주어진 환경에 맞게. 물이 흘러가고 달이 차오르듯이, 그렇게 말이야."

주어진 환경에 맞게, 물이 흘러가고 달이 차듯이 살아간다? 그것만큼 마음 편한 삶이 또 있을까. 아무런 근심조차 없다는 뜻이잖아. 그럼 지금껏 영혼이 있을 때는 그렇게 살지 못했다는 뜻인가. 고작 열일곱의 나이에 인생의 무게 운운하는 것도 참 서글픈 일이다.

"세상 모든 삶은 저마다 무게를 지니고 있어. 오래 살았다고 더 무겁고, 젊다고 가벼운 게 절대 아니라고. 누구도 남의 다리로 땅을 디딜 수는 없어. 그 무게는 오롯이 혼자만의 몫이라는 뜻이지."

"갑자기 무슨 얘기예요?"

마음을 들킨 것 같아 괜스레 불퉁거렸다. 선령의 입가에 미소가 어렸다.

"달이 차고 물이 흘러가듯 마음 편하게 사는 사람이 과연 몇이나 될 것 같아?"

"……"

"이곳에 잠든 존재들뿐이지 않을까? 더 이상 고민도 번뇌도 없을 테니까. 하지만 육체가 살아가는 세상은 사막이야. 바위틈이고, 깨진 콘크리트 속이지."

선령의 시선이 칸칸이 늘어선 봉안함들로 향했다. 크고 작은 함 곁에 꽃과 사진, 편지와 선물이 놓여 있었다. 완이의 사진 옆에도 장난감과 블록 들이 있었다. 아들이 심심하지 않도록 엄마가 준비한 선물이었다.

"세상은 결코 옥토가 아니지만 다들 어떻게든 뿌리내리기 위해 몸부림친다고."

"……살기 위해."

나도 모르게 튀어나온 말이었다. 머릿속이 단단히 고장 났나 보다. 육체를 떠나 영혼으로 남았으니 분명 정상은 아닐 것이다. 비록 그렇다 해도 생각이 너무 쉽게 입 밖으로 나갔다. 이런 스스로가 낯설게 느껴졌다.

"그래, 살기 위해."

선령의 시선이 내 얼굴에 꽂혔다.

"이곳에 있는 존재들은 그러고 싶어도 못 해. 더 이상 몸부림칠 수조차 없거든."

"하지만 저도 이미……."

"이미라고 하면 안 되지. 너는 아직 육체가 소멸하지 않았잖아. 제발 부탁이니까 저 사령들과 본인을 동급으로 생각하지 마."

발끝에 묶여 있던 시선이 고개를 들었다.

"영혼 사냥꾼이라면서요. 그냥 데려가세요. 그게 목적 아니에요?"

"그게 말이지."

선령이 또다시 난처한 표정을 지었다.

"어쨌든 육체가 소멸하지 않은 영혼을 함부로 데려갈 수 없다고."

"그렇다고 두고 가실 수도……."

등허리에 서늘한 기운이 맴돌았다.

가끔 생각했다. 내가 작게 태어나거나 걸음마가 늦지 않았다면, 엄마 아빠는 완이의 문제를 더 일찍 눈치챘을까? 40도 넘게 열이 오르고 발작과 경련으로 몸부림치기 전에 뭔가 이상하다고 느꼈을까? 아니, 아니었다. 더 빨리 병원을 찾았다 해도 완이의 병은 고칠 수 없었을 것이다. 그 작은 몸으로 고통스러운 뇌 수술을 두 번이나 견뎌 냈지만, 결국 완치될 수 없었다. 발작과 경련이 사라진 것만으로 다행이라 여겨야 했다. 인간은 달을 지나 멀리 화성까지 탐사하지만 정작 스스로의 몸은 아직도 다 정복하지 못했다. 녀석의 작고 마른 몸은 너른 우주보다도 알 수 없는 미지의 곳이었다.

완이를 가졌을 때 엄마는 임신 사실을 전혀 눈치채지 못했다. 한잔 마신 맥주가 평생을 따라다닐 죄책감이 될 줄은 미처 상상하지 못했을 것이다. 친구의 금전적 부탁을 거절한 일부터, 지인의 성공을 시샘한 일이며, 건물 틈새에서 울고 있는 새끼 고양이를 그냥 지나친 일까지 마음에 걸렸다. 아빠 역시 마찬가지였다. 조금 더 일찍 담배를 끊었더라면, 함부로 한약을 먹지 않았다면, 직장 동료에게 괜한 훈계를 하지 않았다면, 둘째도 첫째처럼 건강하게 태어나지 않았을까. 두 사람은 자신들의 과거를 후회하고 또 후회했다.

"열 살을 넘기기 힘듭니다."

의사의 한마디가 엄마 아빠의 귀에 어떻게 메아리쳤는지 누구도 알 수 없을 것이다. 나도 실감하지 못했다. 가족 중 한 사람의 시간이 스위치를 켠 시한폭탄처럼 째깍째깍 줄어들고 있다는 사실을 말이다. 영화에서는 늘 폭발 직전에 타이머가 멈췄다. 엄마 아빠 역시 그 엔딩을 굳게 믿었다. 어떤 강력한 폭탄이라도 주인공은 막아 내니까. 완이의 타이머도 반드시 정지시키리라 다짐했다. 그것은 두 사람에게 신앙이었고, 삶의 의미이자 의무가 되었다.

엄마는 완이가 아무것도 모른다고 여겼다. 자신의 생이 길지 않다는 것을 알기엔 녀석은 너무 천진했다. 오직 현재밖에 없는 삶을 살아왔으니까. 완이의 미래를 모르는 건 오직 완이밖에 없다 믿었다. 하지만 녀석은 알고 있었다. 조금만 건드려도 휘청거리는 카드 탑처럼 삶이 쉽게 무너져 내릴 거라는 사실을 말이다. 다만 모른 척했다. 우리는 모두 연극을 하고 있었다.

"나는 정말……"

"너는 뭐?"

선령이 내 말을 재촉했다. 손쉽게 내뱉었던 말이 입 안에서 굳어 갔다. 나는 정말 무슨 말을 하고 싶었던 것일까?

"뭐가 이렇게 복잡한지 모르겠어요. 죽은 것도, 산 것도, 다친 것도 아니에요. 영혼만 이탈했잖아요."

보랏빛 시선이 말끄러미 내 눈을 응시했다.

"너 다쳤어. 아주 많이."

"육체는 멀쩡하게 학교에서 수업을 받고……."

"너 지금 아무한테도 안 보이지? 그래도 이렇게 얘기하고 잠든 동생한테 찾아오고 하잖아. 사실 너는 남들에게 보이지 않을 뿐 분명히 존재한다고 말할 수 있지. 상처도 마찬가지야. 부러지고 깨지고 다 벗겨졌는데도……."

"……."

"전혀 안 보일 때가 있어."

꿀꺽 마른침이 넘어갔다. 선령이 허공에서 두 손가락을 맞부딪혔다.

"또 모르지, 보이지 않는 곳을 좀 더 잘 들여다보라고 투명한 영혼이 되었는지도."

"보면 뭐 괜찮아지나요? 마음이든 몸이든, 부러지고 깨진 데가 말끔하게 없어지기라도 해요?"

선령이 두 손바닥을 펼쳐 보였다.

"인간의 손이 왜 두 개인지 알아?"

"……."

"한 손에는 문제를, 다른 한 손에는 그 답을 들고 있거든."

나는 선령의 눈을 피해 바닥을 내려다보았다. 하얗게 빛나는 대리석에는 아무것도 비치지 않았다. 가벼운 버스 사고에 육체와 영혼이 분리되었다니. 이렇게 말도 안 되는 상황과 마주할 줄은 전혀 몰랐다. 하긴 내가 예상 못 한 것이 어디 이뿐일까.

나만 잘하면 모두 편해지리라 믿었다. 그러나 시간이 지날수록 커다란 과일 씨가 목에 걸린 듯 답답함이 밀려들었다. 정확히 어디서부터 잘못되었는지 알 수 없었다. 문제조차 틀어쥘 수 없는 손이었으니 다른 한쪽에 해답이 있을 리 만무했다.

이런 나와 달리 엄마의 해결책은 자명했다. 엄마의 오른손에는 완이가, 그리고 왼손에는 어떤 믿음이 들려 있었다. 가늘고 약한 끈 같은 해답을 엄마는 절대 놓칠 수 없다는 듯 무섭게 움켜잡았다.

"네가 아주 깜깜한 방에 갇혔다고 상상해 봐."

"상상까지 안 해도 돼요."

그런 느낌이 뭔지 아니까요. 마지막 한마디를 혀 밑으로 구겨 넣었다.

"그런데 출구가 없는 것 같아. 나가는 문을 전혀 발견할 수 없다고. 그럼 무엇을 찾게 될까?"

"출구가 없는데 더 이상 찾을……."

선령이 천천히 고개를 내저었다.

"그다음에 찾는 건 바로 빛이야."

"빛이요?"

"그래, 비록 나갈 수는 없지만 잠시 암흑을 잊게 만들어 주는 한 줄기 빛. 사방이 막힌 감옥에서 손바닥만 한 쪽창은 광활한 우주보다 넓은 세상이나 다름없어. 답답한 현실을 잠시 벗어나게 해주는 숨구멍이랄까. 인간의 생존 능력은 실로 대단하거든. 그렇게 스스로를 조금씩 달래고 얼러 가면서 이 삭막한 세상에서 살아가는 기술을 터득하니까."

"엄마에게 빛은……."

선령이 어깨를 으쓱해 보였다. 마치 다 알고 있다는 듯……. 출구가 보이지 않는 상황에서 잠시 암흑을 잊게 만드는 것. 엄마에게 우주보다 넓었던 쪽창이 무엇이었고 그 너머에 비친 세상이 어떠했는지 그려졌다.

"류야, 남을 아프게 하면 안 돼. 늘 선한 마음으로 살아야지. 설마 학교에서 친구들 괴롭히고 그러는 거 아니지? 엄마는 네가 공부를 못해도 괜찮고 시험을 못 봐도 괜찮아. 다만 엄마는 우리 아들이 올바르게 남 배려하면서 컸으면 좋겠어. 양보하고 친구들 위해 주고 절대 남 아프게 하지 말고, 알았지?"

엄마가 찾아낸 어둠 속 빛은 선한 마음이었다. 많은 것을 베풀고 얼굴에는 늘 웃음을 띤 채 누구보다 활기차게 하루를 보냈다. 엄마를 웃게 만드는 사람은 완이였다. 녀석의 천진한 미소가, 수줍게 내민 엄지손가락이 엄마를 한없이 기쁘게 만들었다. 완이는 또래들처럼 거짓말을 하거나 큰 말썽을 부리지도 않았다. 완이에게 엄마는 세상의 전부였고, 엄마에게 완이도 마찬가지였다.

완이는 배워야 할 것도, 해야 할 검사도, 다녀야 할 센터도 많았다. 엄마는 녀석을 위해서라면 뭐든지 했다. 관련된 책을 읽고 바쁜 시간을 쪼개 강연을 들었다. 완이가 특수 학교에서 수업을 받는 동안에도 도서관에서 기다리며 공부했다. 엄마는 완이에 관해서라면 무엇이라도 붙잡으려 했다. 그러나 나는……, 내 몸에는 엄마가 붙잡아야 할 것이 전혀 존재하지 않았다. 모두들 다행이라고 입을 모아 말했다. 정말 다행일까? 의문이 들 때마다 견딜 수 없는 죄책감이 밀려들었다.

"네 어머니의 빛은 사라졌을까?"

선령이 물었다. 나는 천천히 고개를 들었다.

"그럴지도……."

"아니면 빛이 아닌 문을 발견했을까?"

"처음부터 출구가 없었다면서요."

선령이 그럴 줄 알았다는 듯 은근한 미소로 말을 이었다.

"내가 언제 없다고 했어. 없는 것 같다고 했지. 진짜 없는 것과 없는 것 같은 건 전혀 달라. 전자는 사실이고 후자는 느낌이잖아."

그가 심드렁한 표정으로 청바지 주머니에 손을 찔러 넣었다.

"인간은 느낌을 사실로 여기는 멍청한 오류를 자주 범해. 귀신이 나올 것 같으면 멋대로 흉가라고 단정 짓고, 맛있어 보이는 음식이 입에 맞지 않으면 속았다고 해. 나랑 통할 줄 알았는데 그렇지 않으면 쓸데없는 배신감을 느끼지. 모두 사실이 아닌 느낌인데 그 느낌이 진실이라 굳게 믿는다고."

엄마도 그랬다. 가족 모두가 선한 마음으로 온정을 베풀면 완이가 기적처럼 완치되리라 믿었다. 단지 그렇게 상상했을 뿐인데, 그 바람은 시간이 지날수록 사실이 되어 갔다. 간절히 원하면 하늘도 분명 답을 주리라는 믿음. 선령의 말처럼 그건 어디까지나 느낌이었다. 물론 어느 정도의 기적은 있었다. 열 살을 넘기기 힘들다던 녀석은 열한 살, 열두 살 그리고 열네 살 겨울까지 맞이했다. 그러나 거기까지였다. 엄마의 염원은 영원히 지속되지 않았다. 현실은 생각보다 잔인하고도 무서운 얼굴을 하고 있었다.

"너는 없었어? 단순한 네 느낌을 사실이라고 믿은 적."

선령의 한마디에 멍한 정신이 돌아왔다. 내 느낌을 사실이라 믿은 적?

"저는……."

"없으면 말고."

"부탁인데요, 사람 말을 제발 끝까지 좀……."

"너 지금 사람 아니야. 영혼이지."

굳이 강조하지 않아도 알고 있으니 그만하라는 눈빛으로 선령을 노려보았다.

"인간들은 이런 위기 상황을 곧잘 터널에 비교하더군."

"깜깜하니까요."

선령이 고개를 끄덕이며 싱긋 웃었다.

"혹시 기차 타고 터널에 들어가 본 적 있나?"

"안 가 본 사람도 있어요?"

"어땠어?"

"궁금하면 직접 가 보세요. 기차역 멀지 않아요."

손끝으로 벽을 가리켰다. 선령이 짧은 한숨을 내쉬고는 말을 이었다.

"그런 너야말로 네 육체가 궁금하지 않아? 누구는 하루 종일 자기 육체만 졸졸 쫓아다니는데 누구는 거들떠보지도 않네. 너도 이번 기회에 네 육체랑 좀 친해지면 어때?"

나도 모르게 헛웃음이 튀어나왔다. 누가 누구랑 친해진다는 말인가. 내가 나랑?

"육체한테 제 소개라도 해야겠네요. 안녕, 나는 은류라고 해. 네가 나를 봐도 잘 모르겠지만, 사실 나는 너야. 어쨌든 만나서 반가워. 정중하게 인사라도 하면 받아 줄까요?"

"그럼 아주 좋지."

"죄송하지만 장난할 기분 아닙니다. 육체에서 튕겨져 나왔거든요. 생각보다 정신 줄 붙잡고 있기가 힘들어요."

혼란스러운 말장난 따위 그만두고 싶었다.

"나도 장난 아니야. 얼마나 좋아. 자기 자신에게 살뜰하게 인사도 하고 반갑게 맞아 주고. 너 지금까지 한 번이라도 그래 봤어? 스스로에게 다정하게 안부라도 물어봤냐고."

유치한 소리라 비웃어야 하는데 가슴이 옥죄어 왔다. 장난 같은 한마디에 왜 이렇게 기분이 가라앉았을까?

"그리고 한 가지 더."

선령이 손가락을 세워 좌우로 흔들었다.

"너 튕겨 나온 거 아니야. 네가 놔 버린 거지."

내가 놔 버렸다고? 영혼을 놓아 버렸다니, 내가 왜?

멍한 나를 보며 선령이 쳇 콧방귀를 뀌었다.

"표정을 보니 대체 무슨 일 때문에 이 지경이 됐는가 고민하는 모양인데. 너 육체에서 영혼이 이탈한 지 사흘이나 지났어. 이제야 처음으로 그런 생각을 하고 말이지. 빠르기가 나무늘보 수준이야."

선령은 친구를 놀리는 어린아이처럼 호들갑을 떨었다. 보랏빛 눈을 번뜩일 때는 정말 영혼을 붙잡아 저승 끝까지 내려갈 사냥꾼처럼 보이지만 저럴 때는 영락없이 오지랖 넓은 동네 형이었다. 어떤 모습이 진짜인지 종잡을 수 없었다.

"고민은 누가 한다고 그래요? 영혼을 잃어버릴 만큼 대단한 사건도 없었어요. 충격받은 적도 없었다고요. 적어도 사흘 전에는 아무 일도……."

"적어도 사흘 전이라. 그럼 그 이전에는 대단한 사건이 있었다는 의미인가?"

그는 한 마리 매와 같았다. 민첩하고 날카롭게 내 말을 낚아채는 송골매 말이다.

"그냥 좀…… 미쳤었나 봐요."

확실히 미쳤던 게 분명했다. 아무것도 보이지 않았다. 물에 빠진 듯 주위가 심하게 일렁이고 몸이 내 것이 아닌 듯 멋대로 움직였다. 벌써 일 년이나 지났는데 마치 어제 일어난 일처럼 모든 것이 선명했다. 생각할수록 짜증이 밀려들었다. 나는 왜 쓸데없는 것들을 이렇듯 또렷하고 세세하게 머릿속에 각인했을까. 기억은 편두통처럼 한쪽 머리를 지끈거리게 했다.

"머리 아프다……. 영혼으로 남았어도 이 두통은 여전하네."

나는 두 손가락으로 관자놀이를 눌렀다. 어느덧 습관이 되어 버렸지만, 딱히 효과를 본 적은 없었다. 역재생한 화면처럼 기억은 조금씩 과거로 되돌아가기 시작했다.

# 제3장 오해한 마음

대부분 내 이름을 한자로 생각하지만 수리란 이름은 독수리에서 비롯되었다. 내 이름이 수리가 된 건 바로 엄마의 태몽 덕분이다.

"정말 크고 멋진 독수리가 머리 위에서 빙글빙글 도는데 날개에서 빛이 나더라. 좋은 일이 생길 것 같은 예감에 복권을 샀지. 나중에 알았어. 그게 태몽인 줄. 너를 가진 것이 복권 당첨보다 몇 배는 더 큰 행운이라 생각했지."

그 얘기를 언제 처음 들었는지 생각나지 않는다. 엄마는 가끔씩 옛 추억을 떠올리듯 태몽 이야기를 꺼냈다. 내가 초등학교 4학년 수학 경시대회에서 상을 받아 왔을 때도, 전국 어린이 그림 대회에서 은상을 받았을 때도, 심지어 학급의 부반장이 되었을 때조차 엄마는 습관처럼 태몽 이야기를 꺼냈다.

"역시 내가 그 태몽을 꿨을 때부터 알아봤어. 이렇게 똑 부러진 딸이 나올 줄 말이야."

그런 칭찬들이 싫지 않았다. 엄마의 말은 스스로를 믿게 하는 원동력이 되었다. 한수리, 너는 할 수 있어. 누구보다 멋지게 활공할 수 있잖아.

나는 비둘기나 까치가 되고 싶지 않았다. 독수리가 되어 가장 높은 곳에서, 최대한 멀리 보고 싶었다. 그렇게 되기 위해서 하루하루 어떻게 살아가야 하는지, 무엇을 선택하고 어떤 결정을 내려야 하는지 철저하게 준비했다.

집중력에 좋다는 명상을 하고 체력 관리를 위해 운동을 했다. 그때조차 손에서 영어 단어장을 놓지 않았다. 하지만 성적을 위해 책만 파는 답답한 공붓벌레가 되는 건 싫었다. 음악 앱 재생 목록에는 최신 케이팝이 가득했고, 주말에는 신작 영화를 보러 갔다. 어떤 책이 사람들의 입에 오르내리는지, 꼭 먹어 봐야 할 맛집과 디저트 카페는 어딘지 줄줄이 꿰고 있었다. 안 꾸민 듯 꾸민 것이 진짜 매력이듯, 소소한 일상을 자연스럽게 공유하지만 그 속에는 철저하게 계산된 설정과 연출이 존재했다. 덕분에 내 SNS에 '최고예요'를 누르며 친구 신청을 하는 사람들이 점점 더 늘어났다.

상황이 이렇다 보니 친구들 사이에서 나는 엄마에게 절대 소개하고 싶지 않은 친구가 되었다. 그럴 때마다 아니라고 손사래 쳤지만 부러움과 질투 섞인 친구들의 눈빛을 즐긴 적도 많았다. 나는 커다란 날개로 그들보다 조금 더 높은 곳을 날고 있다고 자부했다.

그리고 시간이 지날수록 차이는 선명하게 벌어지리라 믿었다.

"아무리 생각해도 이건 말도 안 되잖아요. 자, 봐요. 저 책상에 빼곡하게 붙여 놓은 계획표들. 이렇게 부지런하고 열심히 살아왔는데, 어떻게 육체와 영혼이 분리될 수 있어요? 대체 어떻게 육체가 결계까지 치며 영혼인 나를 거부할 수 있냐고요! 무슨 착오가 생긴 게 분명해요."

나는 선령을 향해 목소리를 높였다. 아무리 소리쳐도 식탁에 앉아 사각사각 과일을 깎는 엄마의 귀에는 들리지 않을 것이다. 하긴, 열심히 동영상 강의를 듣고 있는 저 바보 같은 내 육체도 눈 하나 깜짝 안 하는데 무얼 바랄까.

"이봐요, 선령 씨. 혹시 뭐 명부 그런 거 없어요?"

"무슨 명부?"

선령이 물었다. 나는 미간을 확 일그러뜨렸다.

"영화에서 보면 저승사자들이 죽은 사람 이름이 적힌 명부 가지고 다니잖아요. 가끔 멍청한 저승사자가 엉뚱한 사람 데려가서는 인생 꼬이게 만들기도 하고요. 혹시 선령 씨도 일에 무슨 착오가 생긴 거 아니에요?"

내 말이 끝나기 무섭게 그가 한심하다는 표정을 지어 보였다.

"나도 비슷한 게 있기는 하지만 명부는 아니야. 제발 부탁이니 그 이야기는 그만하면 어때. 지금 중요한 건 내가 누구인지 밝히는 게 아니잖아? 한수리 너 자신이 누구인지부터 찾아야 하지 않을까?"

내가 누구인지 찾으라고? 육체로 돌아가는 방법을 모색하라는 뜻일까. 차라리 원어민도 해석 못 하는 영어 지문을 읽는 게 낫겠다.

나는 벽에 기대선 선령을 바라보았다.

"사람들이 흔히 너 자신을 찾으라고 하잖아요."

그가 몸을 일으키고는 나를 향해 가까이 다가왔다.

"그럼, 그 전에 이미 자신을 잃어버렸다는 뜻일까요?"

돈을 잃어버린 적은 있었다. 학생증과 교통 카드를 잃어버리기도 했다. 모두 눈에 보이고 손에 잡히는 것들이기 때문에 무엇이 없어졌는지 충분히 눈치챌 수 있었다. 내 영혼이 교통 카드보다도 존재감이 없다니, 허탈하다 못해 헛웃음이 나왔다.

"소 잃고 외양간을 고칠 수 있다면 그나마 낫겠지."

선령이 혼잣말처럼 내뱉었다. 영혼 사냥꾼이라지만 그의 눈빛은 온화했다. 가을볕에 해바라기하는 검은 고양이를 연상케 했다. 도도하고 아름답지만 섣불리 다가갈 수 없는 한 마리 야생 고양이.

"텅 빈 외양간에 소가 있었는지 말이 있었는지조차 모르는 사람보다는 말이야."

여기까지 말한 선령이 여유를 부리듯 깍지 낀 두 손을 머리 위에 얹었다.

"그리고 마지막으로 말해 두는데, 인간들이 상상하듯 사자의 잘못으로 엉뚱한 사람이 저승에 가는 일은 절대 없어. 어리석은 짓은 인간들이나 하는 거야. 다른 것도 아닌 목숨이 달린 일에 결코 실수는 용납될 수 없어. 특히……."

나는 보란 듯이 선령을 향해 걸음을 옮기고는 보랏빛 두 눈을 정면으로 쏘아보았다. 나는 하늘의 제왕 독수리다. 전혀 기죽을 필요가 없었다. 그 상대가 설령 내 영혼을 사냥하러 온 선령이라 해도. 아니, 그렇기에 더더욱. 육체만 남은 수리가 어떻게 변할지는 아무도 몰랐다. 그 전에 어떻게든 돌아가야 했다. 이 도도한 야생 고양이 따위, 조금도 무섭지 않았다. 내가 두려운 건 정작 따로 있으니까.

"특히 뭐요?"

"육체가 소멸하지 않은 상태에서 영혼만 빠져나온 건 누구의 계획도 실수도 아니야."

"……."

"바로 너라는 영혼 스스로 빠져나온 거야. 한마디로 네가 원했다고 볼 수 있지."

"누…… 누가 뭐…… 뭘 원해요? 내가 나에게서 벗어나고 싶었다고?"

이 무슨 말도 안 되는 소리일까? 누구보다 스스로에게 충실하다 믿었다. 부모님에게 자랑스러운 딸이었고 친구들에게는 부러움의 대상이었으며 자신에게는 엄격하고 철저한, 적어도 학생으로서는 완벽에 가까웠다.

"글쎄? 그 정도는 육체만 남은 너도 충분히 할 수 있는 일이라는 생각이 드는데."

선령이 심드렁히 말했다. 뭐야, 지금 내 마음을 읽은 거야? 미간을 확 일그러뜨리자 그가 진정하라는 듯 두 손바닥을 들어 보였다.

"미안. 네가 너무 골똘히 생각에 잠겨서 나도 모르게 네 영혼에 주파수를 맞춰 버렸네. 모든 생각을 다 읽는 건 아니니까 그렇게 무서운 표정 짓지 마."

내 얼굴이 무섭게 보였다면 나쁘진 않은 일이다. 하긴 인간의 영혼만 홀랑홀랑 사냥하는 존재인데, 그깟 마음 좀 읽힌다고 해서 깜짝 놀라는 것도 우스울지 모른다.

"그럼 수리는 더 이상 불안하지 않을까요?"

툭 내뱉은 한마디에 선령의 보랏빛 두 눈이 반짝였다. 마치 그 대답을 기다렸다는 듯이.

"영혼이 사라진 육체가 불안하지 않다는 건, 원래는 불안 덩어리였다는 뜻인가?"

"그건 아니에요."

"그럼 뭔데?"

그가 고개를 까딱거렸다. 내 시선이 투명한 발끝에 머물렀다. 오래전 텔레비전에서 공작새를 본 적이 있었다. 화면을 가득 메운 매혹적인 꼬리에 함께 보던 엄마가 큰 소리로 감탄했다.

"너무 아름답지 않니?"

물론 아름답고 신비했다. 하지만 공작의 긴 꼬리가 얼마나 무겁고 거추장스러울까 싶은 답답함이 앞섰다.

"예쁘긴 한데 되게 불편할 것 같아. 날 때도 힘들지 않을까?"

그리스 로마 신화를 보면 공작새의 화려한 무늬는 괴물 아르고스의 눈이라 했다. 그런데 나야말로 공작처럼 화려한 꼬리를 원하고 있었다. 내 등 뒤에는 아름답고 감탄을 자아내는 것들만 따라붙기를 바랐는지도 모른다. 그것이 혹여 백 개의 눈이 아니었을까. 그렇다 한들······.

"인간은 사회적 동물이고, 남들에게 주목받는 게 나쁜 일은 아니잖아요. 열심히 노력했다고요. 내가 원하는 것들을 모두 손에 넣기 위해 하루하루 최선을 다했는데, 그게 뭐가 잘못됐다는 거예요?"

나는 목소리를 높였다. 생각할수록 화가 났다. 내가 뭘 잘못했다고 이토록 말도 안 되는 벌을 받느냔 말이다.

"벌이 아니야. 몇 번을 말해. 네 영혼 스스로의 선택이야."

"아뇨, 나는 한 번도······."

선령이 물끄러미 나를 바라보았다. 기묘한 보랏빛 눈동자가 찌르듯 내 안을 파고들더니 결국 하나의 또렷한 물음표로 변해 가기 시작했다. 내 시선이 다시 바닥으로 떨어졌다.

"원하지 않았어요."

헐거운 매듭처럼 목소리가 풀어졌다. 영혼으로 남은 이 상황이 과연 무엇을 뜻할까? 영혼이 필요 없다면, 육체가 자신의 영혼을 거추장스럽게 생각한다면. 선령의 말이 맞을지도 몰랐다. 갑자기 일어난 사고도, 누구의 실수나 신의 장난도 아니다. 모두 나로 인해 벌어진 일이었다. 원하는 것을 얻기 위해 또 다른 무언가를 잃고 있는지도 몰랐다. 그것이 영혼이든 나 자신이든 말이다.

"영혼으로 남은 나는…… 정말 불안 덩어리일까요?"

선령은 아무 대답도 하지 않았다. 사실 이 질문에 대답을 할 수 있는 사람은 한 명뿐이었다. 육체가 영혼을 거부한다는 말은 어쩌면 내가 스스로를 외면한다는 뜻일 테니까. 그렇게 생각하니 영혼으로 남은 몸이지만 오한이 들 정도로 떨려 왔다.

지금 내 눈앞에 앉아 있는 아이는 내 육체이면서도 내가 더 이상 다가갈 수 없는 또 다른 한수리였다. 그리고 이 아이가 대체 왜 영혼인 나를 거부하는지 아주 조금은 알 것 같기도 했다.

"야, 한수리!"

육체의 수리가 길게 기지개를 켰다. 시간은 이미 11시를 넘어 12시를 향해 가고 있었다. 아마 친구들은 모를 것이다. 한수리 저 녀석이 이렇듯 밤늦게까지 공부에 매달린다는 사실을, 프리미엄 회원만 들을 수 있는 고액의 동영상 강의를 듣는다는 것을. 그 덕에 아이들은 한수리의 머리가 꽤나 비상한 줄 알고 있다. 언제부터 한수리의 등 뒤에 부러움이 따라붙었을까? 언제부터 내가 그 시선들을 즐겨 왔을까? 자문해 보지만 쉽게 대답할 수 없었다.

내 시선이 책상에 빼곡하게 붙어 있는 계획표에 닿았다. 이번 주까지 외워야 할 영단어와 숙어, 풀어야 할 문제집의 페이지와 읽어야 할 책들, 주말에 볼 영화까지. 크기도 모양도 다른 색색의 메모지가 낙서처럼 어지럽게 붙어 있었다. 영혼이 없어도 저 메모만 계속 붙여 놓는다면 머지않은 미래에 육체의 수리가 원했던 것들을 손에 넣을지도 모른다. 그다음엔 또 무엇이 필요할까.

"네 꼬리에 너무 많은 것들을 붙여 놓았나 봐."

그 순간 육체의 수리가 흘낏 나를 바라보았다. 가슴이 덜컥 내려앉았다.

나는 육체에게로 한 발 가까이 다가갔다. 손끝에는 여전히 단단한 벽이 느껴졌다. 결계는 아직 사라지지 않았다.

"보이지 않는 벽이 생각처럼 쉽게 없어지지 않지?"

선령이 콧잔등을 찡긋거렸다.

혹시나 싶었던 기대가 와장창 무너졌다. 하긴 지금껏 내가 얼마나 소리치고 애원하며 결계를 부수려 노력했는데. 영혼을 잃어버린 주제에 명상이라니, 스스로를 비웃는 나를 선령은 더 크게 비웃었더랬다.

"만약 내가 결국 육체에 못 들어가고 선령 씨를 따라간다면 영혼인 나는 어떻게 되는 거예요?"

선령이 팔짱을 낀 채 왼쪽 허공을 바라보았다. 이제 자정이 다 되어 가니 남은 시간은 사흘밖에 없었다.

그가 벽에 기대서며 입을 열었다.

"영원히 소멸하거나, 아니면 다시 태어나거나. 뭐, 그건 내 권한 밖의 일이라 구체적으로 어떤 영혼이 다시 태어나고 완전히 소멸하는지 정확하게 얘기해 줄 수는 없어. 사실 육체가 엄연히 살아 있는데 영혼을 완전히 소멸시키는 일도 쉽지 않거든."

영혼 없는 육체로 살아간다는 건 무슨 의미일까? 지금 느끼는 이런 감정도 모두 사라지겠지. 원하는 것도 바라는 것도 없는 삶? 해탈의 경지? 그렇다면 지금 상황도 이토록 괴롭진 않겠지.

"그럼 영혼이 있었을 땐 그 반대였고?"

단순히 생각만 했는지, 진짜 목소리로 흘러나왔는지 알 수 없었다. 어느 쪽이든 선령의 귀에는 들릴 테니까.

눈앞의 환영처럼, 명절에 모인 친척들이 하나둘 스쳐 지나갔다.

"엄마 핸드폰 프로필 사진 보니까 우리 수리 또 상 탔나 보네. 기특해라."

그 한마디에 엄마의 양쪽 입꼬리가 미세하게 움찔거렸다. 엄마의 사진을 통해 내 수상 기록이 모두에게 공개된다는 사실은 알고 있었다. 부담되지 않았다면 거짓말일 것이다. 하지만 굳이 내색하진 않았다. 나를 향한 칭찬이 엄마의 기쁨과 뿌듯함이라는 것 또한 잘 알고 있으니까. 엄마의 프로필 사진을 또 언제 바꿔 주나, 하는 고민에 빠진 적도 있었다.

"그냥 장난처럼 이번 생은 망했다 했는데 정말 말이 씨가 될 줄

이야……. 이제 고작 열여덟 살인데 이대로 저승에 끌려가면 진짜 생이 끝나는 거잖아요. 하지만 그러기엔 아직 하고 싶은 것도 해야 할 일도 많단 말이에요."

상상만으로도 기분 좋아지는 삶을 떠올렸다. 다양한 경험과 도전, 가치 있는 만남과 선택을 수리에게 주고 싶었다. 그런데 이대로 저승에 끌려가 버리면 당장 고등학교 졸업조차 불가능하지 않은가. 아니 졸업이 뭐야? 고3도 못 되는데.

"진짜 망했다. 진짜……."

울먹이는 나를 보며 선령이 절레절레 고개를 내저었다.

"다들 해도 해도 너무하는군. 아직 스무 살도 안 된 애들이 이번 생은 망했다고? 이러니 사람들이 비 갠 날 우산처럼 자신의 영혼을 손쉽게 잃어버리는 것 아니겠어?"

동영상 강의가 모두 끝났다. 육체가 깍지 낀 손을 하늘로 뻗었다. 이쪽저쪽 움직이며 굳은 몸을 풀어 주더니 우두커니 책상에 붙어 있는 메모를 바라보았다. 내 시선도 자연스레 한곳으로 향했다. 그 순간 육체와 영혼이 동시에 소리쳤다.

"국어 수행 평가!"

영혼이 가출했으니 육체만 남은 수리가 깜빡깜빡하는 건 당연하겠지. 하지만 아무리 그래도 그 중요한 국어 수행 평가를 잊고 있었다니. 육체가 미간을 찡그리며 손톱 끝을 잘근거렸다. 초조할 때 나오는 수리만의 버릇이었다. 나는 한 손으로 이마를 짚었다.

국어 선생님은 늘 독서를 강조했다. 물론 책 읽기가 중요하다는 건 잘 알고 있었다. 문제는 다들 시간이 없다는 점이다. 결국 특단의 조치로 내려진 것이 수행 평가였다. 반강제로라도 책을 읽히겠다는 국어 선생님의 고매한 신념이었다.

"어떻게 내가 이 중요한 걸 잊었지? 내일까지 감상문 내야 하는데."

육체가 자리에서 일어나 발을 동동거렸다. 국어 선생님이 수행 평가로 제시한 책은 요즘 한창 베스트셀러인 소설이었다. 무려 사백 페이지가 넘는, 위험할 때 무기로 써도 될 만큼 두꺼운 책이었다. 책은 아직 구입조차 못 했다. 물론 전자책으로 살 수 있지만 밤새 읽는다 해도 감상문까지는 불가능했다.

"영혼이 집을 나갔으니 평소에도 안 하는 실수를 하고. 어쩔 수 있나, 그냥 포기해. 야, 천하의 한수리도 날개가 꺾일 때가 있구나. 수행 평가가 영점 처리되다니. 쌤이랑 애들 다 놀라겠다. 안 그래?"

하지만 영혼의 목소리가 들릴 턱이 없었다. 수리가 책상에 앉아 검색창에 책 제목을 입력했다. 엔터 키를 누르기 무섭게 서평이 담긴 블로그 목록이 화면을 메웠다.

"짜깁기라도 할 모양인데?"

선령의 비아냥거림에 나는 두 눈을 치떴다. 물론 꼼수를 쓸 수는 있었다. 실제로 몇몇 아이들은 편법을 이용하기도 했다. 아무리 선생님이 매의 눈으로 본다 해도 모든 포털 사이트를 뒤져 볼 수는 없었다. 하지만 그런 눈가림은 한수리 자존심이 허락하지 않았다. 내가 SNS에 올리는 서평에 '최고예요'가 몇 개인데……. 나는 내 글에 대한 자부심이 제법 높았다. 남이 쓴 글을 대충 짜깁기 해 좋은 성적을 받느니 차라리 영점 처리되는 쪽을 선택하겠다.

"다 나 때문이야. 영혼이 가출했는데 네가 책 읽을 정신이 있었겠냐?"

물론 그 영혼을 야무지게 차단하는 저 멍청한 육체 탓이기도 하지만 말이다. 서평을 읽어 나가던 수리가 결국 화면에 한글 파일을 띄웠다.

"야, 한수리. 너, 설마 아니지?"

영혼을 잃어버린 후유증일까? 육체의 수리는 점점 더 낯설게 변해 갔다. 방 안 가득 타닥타닥 키보드 소리가 울려 퍼졌다. 그렇게 감상문을 완성한, 아니 복사한 육체의 수리가 편안히 침대에 몸을 뉘였다.

"멀뚱히 보고만 있지 말고 어떻게 좀 해 봐요."

영혼으로 빠져나온 나는 유령 같은 존재였다. 출력한 감상문을 넣은 가방을 만질 수 있었다면 컴퓨터 전원부터 꺼 버렸겠지. 그 전에 무력으로 육체를 기절시키거나.

"미안하지만 나도 어쩔 수 없어."

선령이 어깨를 들썩였다.

"네 육체의 선택이 썩 마음에 들지 않는 모양이네?"

마음에 안 드는 정도가 아니었다. 정말이지 최악의 상황이었다.

"나는 한 번도 남의 것을 훔치지 않았어요."

"하지만 아무도 모르잖아. 네 국어 선생님이 모든 블로그를 다 뒤져 보진 않을 거 아니야?"

선령의 시선이 수리의 꽉 닫힌 가방에 닿았다.

"꽤 잘 쓴 글들을 짜깁기했던데. 그럼 좋은 점수를 받을 수 있지 않을까?"

"만약 내가 좋은 점수를 받으면 책 다 읽고 글 쓴 애들이 뭐가 돼요."

물론 좋은 점수가 탐났다. 가끔은 편법을 생각해 보기도 했다. 그러나 단 한 번도 시도하지 않았다. 그렇게 얻은 결과는 나를 더 더욱 초라하게 만들 테니까.

"국어 쌤은 몰라도 나는 알잖아요. 영혼인 나는 알고 있잖아요. 한수리가 뭘 했는지, 뭘 훔쳤는지."

공부를 안 한 척, 그럼에도 좋은 점수를 받는 척 연기는 했다. 하지만 그 연극을 위해 몇 배 더 노력했다. 이건 SNS에 일상을 편집해서 올린 사진이 아니었다. 명백한 도둑질이고 부정행위였다.

"이건 내가 원하는 게 아녜요."

선령이 한 발 가까이 다가왔다.

"그래, 네가 원하는 게 아니야."

"……"

"영혼이 사라진…… 육체만 남은 한수리가 원하는 거야."

나는 잠든 수리를 내려다보았다. 남의 글을 도둑질하고도 수리의 얼굴에는 조금의 수치심이나 걱정조차 어리지 않았다.

머리가 좋은 척 허세를 부리는 것과 부정행위를 하는 것은 완전히 다른 얘기였다. 나는 그제야 살아 있는 육체에서 영혼만 빠져나오면 어떤 일이 벌어지는지 알게 되었다. 영혼이 없는 육체는 편법 앞에서 크게 고민하지 않았다. 오히려 간단하게 일을 해결할 수 있어 다행이라는 표정을 지었다.

"아! 그래서 필사적으로 영혼이 들어오지 못하게 막았구나?"

생각할수록 헛웃음이 나왔다. 다른 누구도 아닌 나 스스로를 가장 비웃는 날이 올 줄이야. 나는 하, 큰 소리로 웃었다.

"인생 자체를 거짓말로 꾸미고 싶어서."

한 번 더 가방에 손을 뻗었다. 그러나 영혼인 상태로는 아무것도 할 수가 없었다.

"네 인생 자체를, 그럴싸하게 꾸며 놓은 SNS 속 사진으로 만들고 싶지 않으면……"

선령의 서늘한 냉기가 영혼 가득히 밀려들었다.

"육체 속으로 들어가야겠지?"

누가 그걸 몰라서 여전히 영혼인 상태로 헤매는 줄 아시나? 나는 홀로그램처럼 투명한 두 손을 바라보았다. 내가 내 육체 하나

통제할 수 없다니. 시간이 지날수록 너무 무기력했다. 앞으로 육체의 수리가 어떻게 변할지 두려웠다. 사람들은 수리의 영혼이 사라진 것을 모를 테니까. 깎아지른 벼랑 끝에 서 있어도 이보다 아득하진 않을 것이다.

"뭐예요? 영혼 사냥꾼이라면서요. 그럼 내가 육체로 돌아가지 못하게 필사적으로 막아야 하는 거 아니에요?"

차라리 빨리 나를 어딘가로 데려가기를 바랐다. 이렇게 실시간으로 변해 가는 내 육체를 보니 저승이든 어디든 저 얄미운 선령을 따라 확 도망가 버리고 싶었다.

선령이 팔짱을 낀 채 짝다리를 짚었다.

"네가 자연스레 육체와 영혼이 분리되었듯, 때가 되면 힘들이지 않고 데려갈 수 있겠지."

불행하게도 시간이 얼마 남지 않았다 그 전에 반드시 육체로 돌아가야 했다. 당장은 남의 글을 토씨 하나 바꾸지 않고 도둑질한 저 뻔뻔함부터 막아야 하는데……. 나는 우리에 갇힌 맹수처럼 이리저리 방을 돌아다녔다. 만약 엄마가 보았다면 새된 잔소리를 했겠지? 먼지가 난다며 창문을 활짝 열라 소리치고……. 그 순간 한 가지 생각이 머릿속을 스쳐 지났다.

"생각났어요."

나는 짝 박수를 쳤다. 선령이 '뭐?' 싶은 표정으로 두 눈을 끔뻑였다.

"그쪽의 도움이 필요해요."

"이봐, 말했잖아. 내가 할 수 있는 일이······."

"있어요. 선령인 당신이 할 수 있는 일."

이번에 한쪽 입꼬리를 올리는 건 나였다. 늘 음흉하게 웃는 얼굴이던 선령은 처음으로 이해하지 못하겠다는 표정을 지었다. 좀처럼 상황 파악이 안 되는 게 얼마나 답답한지 이제 당신이 알 차례예요.

나는 싱긋 웃으며 잠든 육체의 수리를 내려다보았다.

# 제4장 두려운 마음

완이는 마지막까지 웃었다. 하얀 국화꽃에 둘러싸여 천진한 표정으로 나를 보았다.

'형아, 상자. 저기 상자 줘.'

귓가에는 여전히 완이의 목소리가 머물러 있었다. 내 시선이 주위에 널브러진 상자에 닿았다. 떡이며 과일, 그 밖의 음식을 담은 박스들이었다. 완이가 쌓기엔 너무 클 것 같은데, 그래도 녀석은 어서 달라며 나를 보챘다.

'형아, 상자 줘. 저거. 저거.'

나는 두 눈을 질끈 감았다.

선생님 몇 분이 조문을 왔다. 등산복만 입던 담임이 말끔한 정장을 차려입었다. 그 모습이 더없이 낯설었다. 내 어깨를 두드리던 투박한 손도, 어두운 표정도, 모두 생경했다. 가장 어색한 건 바로 나 자신이었다. 평소처럼 실없는 농담이나 하며 담임 앞에서 히죽거려야 하는데, 어떤 표정으로 선생님을 봐야 할지 알 수 없었다. 이번에도 괜찮다며 웃어야 하는지, 선생님을 붙잡고 엉엉 울기라도 해야 하는지, 어느 쪽이 진짜 내 모습인지 혼란스러웠다. 저녁 무렵 똑같은 교복들이 찾아왔다. 어떻게 해야 할지 몰라 우왕좌왕하던 녀석들은 꾸벅 절을 한 뒤 도망치듯 빈소를 빠져나갔다. 한 녀석이 내게 뭐라고 한 것 같은데 전혀 기억나지 않았다. 아빠는 며칠 사이 광대가 도드라졌고 엄마는 빈껍데기로 남아 버렸다. 완이를 찾아온 사람들이 삼삼오오 모여 술을 마셨다. 고기를 먹고 떡을 우물거렸다. 그렇게 시간은 흘러갔다.

"입은 삐뚤어졌어도 말은 바로 하라고 안 그래. 처음부터 예상한 거잖아. 다들 안됐다고 하지만 우리 솔직히 말해 보자고. 진짜 안됐다고 생각해? 알아, 안다고. 세상 어느 부모가 자식 앞세우고 맨정신으로 살아. 나는 뭐 자식 안 키워 봤어? 하지만 예외라는 것도 있어. 완이 아빠 벌써 몇 년째 회사 끝나면 야간 편의점이다 고깃집이다 대리운전이다 몸이 부서져라 일했잖아. 그 녀석한테 들어가는 돈이 어디 한두 푼이야? 완이 엄마는 또 어떻고? 아무리 자식이 예뻐도 다 각자의 삶이 있는 거야. 어떻게 사람이 스물네 시간 애한테만 매달려 있나."

"어머, 이이가 미쳤나 봐. 조용히 안 해? 여기가 어디라고 막말을. 내가 그렇게 술 퍼마실 때부터 알아봤어. 빨리 일어나, 어서."

"나도 가슴이 아파서 그렇지. 곁에서 보기 너무 딱해서 그런다고. 완이 아빠 내 동생이야. 하지만 우리 톡 까놓고 말해 보자……. 아, 진짜 왜 사람을 꼬집고 그래. 아니, 내가 뭐 틀린 말 한 것도 아니잖아. 이거 봐. 나 안 취했어. 멀쩡하다고."

또다시 머리가 지끈거렸다. 딱따구리가 사정없이 머리를 쪼아 댔다. 손가락 지압 따위로는 멈출 것 같지 않았다. 나는 일어나 천천히 걸음을 옮겼다.

목까지 벌게지도록 불콰하게 취기가 오른 사람은 먼 친척인지 아빠의 지인인지 알 수 없었다. 머릿속이 텅 비어 버려 사람의 얼굴조차 구분되지 않았다.

"어, 그래, 너 잘 왔다. 곧 고등학교 입학하지? 인마, 너라도 꼭 네 엄마 아빠……."

남자는 더 이상 말을 잇지 못했다. 여자의 입에서 새된 비명이 터져 나왔다. 던져 놓은 양말처럼 여기저기 구겨져 있던 사람들이 한순간에 튕기듯 일어났다.

음식이 날아가고 컵이 깨졌다. 바닥에 과일과 떡, 고기가 널브러졌다. 누군가 다가와 거칠게 내 팔을 붙잡았다. 고개를 돌린 곳에 움푹 파인 두 눈이 있었다.

"너, 이게 무슨 짓이야!"

그냥 상을 엎은 것뿐이었다. 그래야 시끄러운 딱따구리가 사라질 테니까. 그 뒤론 잘 기억나지 않았다. 정신을 차렸을 땐 빈소를 빠져나왔고 바닥에 담배꽁초가 떨어진 건물의 뒤쪽이었다. 눈앞에 용도를 알 수 없는 커다란 플라스틱 상자들이 보였다. 아빠가 두 손으로 얼굴을 쓸어내렸다.

"둘째 큰아버지가 많이 취하셔서 그래. 먼저 집에 가. 여긴 아빠가 지킬게."

완이가 살아 있을 때도 두 사람은 녀석을 지킨다고 했다. 꼭 지켜 내겠다고, 반드시 그렇게 하겠다고 입버릇처럼 말했다. 이제 완이는 사라졌는데 아빠는 여전히 녀석을 지키고 있었다.

"엄마는?"

"아빠가 있잖아. 네 엄마가 집에 가겠니? 완이가⋯⋯."

나는 팔에 두른 완장을 쳐다보았다. 완이가 죽었다는 증표이자 종이컵으로 쌓은 탑처럼 무언가가 허물어졌다는 뜻이었다.

아빠는 말을 멈추고 마른침을 삼켰다. 차마 내뱉지 못한 말이 무엇인지 알 것 같았다. 완이가 여기 있는데 엄마가 절대 집에 갈 리 없다는 뜻이었다. 엄마는 완이 곁에 있고, 아빠가 그런 두 사람을 지켰다. 나에게는 혼자 돌아가라 말했다.

"아빠 말 들어. 먼저 집에 가서⋯⋯."

"아빠도 그렇게 생각해?"

나는 아빠의 두 눈을 똑바로 바라보지 못했다. 내가 조문객의 상을 엎어 버린 건 머릿속을 찌르는 한마디 때문이었다. 그리고 그 말이 곧 아빠의 입에서도 튀어나올 것 같았다.

"무슨 생각?"

아빠가 되물었다. 나는 대답하지 못했다. 바싹 마른 입술이 떨어지지 않았다. 아빠는 내 어깨를 다독이고는 건물 안으로 사라졌다. 나는 반쯤 넋이 빠진 채 플라스틱 상자들을 쳐다보았다. 한해가 저물어 가는 12월이었다. 크리스마스가 며칠 남지 않았다. 어젯밤 내린 눈이 상자 위에 소복하게 쌓였다. 완이는 추운 거 싫어하는데……. 그런 생각을 하다 실없이 웃었다. 녀석의 몸이 지금 어디에 있는지 떠올랐기 때문이었다. 너무 차갑고 좁고 무섭지 않을까? 한 사람이 겨우 누울 수 있는 관 속에서 완이는 무슨 생각을 할까. 그리고 나는 무슨 생각을 하고 있을까? 뾰족한 것이 또다시 머리를 쪼아 댔다.

'너도 다행이라고 생각했지? 혹시 너무 늦었다고 생각하는 건 아니야? 분명 그럴 거야. 벌써 십사 년이나 흘렀어. 그러니 오히려 늦었다고…….'

"아니야. 아니라고!"

힘껏 두 귀를 틀어막았다. 날씨가 추웠다. 상자 위에 쌓인 눈이 곧 얼음으로 변할 것이다.


거울을 보는 건 늘 어색했다. 사진 찍는 것도 싫었다. 독사진이라고 해 봤자 몇 장 되지 않았다. 기억에서도 사라진 어릴 적 모습이 전부였다. 그때는 뭐가 그리 좋아 카메라 앞에서 방긋방긋 잘도 웃었는지 모르겠다. 나와 달리 완이의 사진과 영상은 차고 넘쳤다. 언제 떠날지 모를 자식의 하루하루는 그 자체가 보물이고 추억일 테니까. 단 한 순간도 녀석의 모습을 놓치고 싶지 않았겠지. 한번 놓치면 영원히 사라져 버리는 순간이란 비단 녀석에게만 존재하는 건 아니었을 텐데.

나는 완이의 활짝 핀 웃음이 부러웠다. 아무런 근심도 걱정도 없는 그 해맑음 말이다. 사진 속 내 모습은 녀석과 달랐다. 시간이 지날수록 그 차이가 또렷해졌다. 그런 내 얼굴이 점점 더 싫고 무서웠다. 이제 영혼이 사라졌으니 스스로에게 그런 섬뜩함은 느껴지지 않을지도 모르겠다. 아니, 하지만 그보다 더한 벌이 내려졌다. 내 모습을 실시간으로 지켜봐야 하는, 끔찍한 형벌 말이다. 친구들 사이에서 뭐가 좋아 저리 시시덕거릴까? 나사가 세 개쯤은 빠진 모습이었다. 물론 정상은 아닐 것이다. 나사보다 훨씬 크고 중요한 영혼을 제 손으로 던져 버렸으니까.

"이제야 네 육체를 좀 살필 여유가 생겼나?"

등 뒤에서 목소리가 날아들었다. 나는 깜짝 놀라 몸을 돌려세웠다. 아무리 영혼 사냥꾼이라지만 이렇게 기척도 없이 막 나타나도 되는 건가.

"깜짝 놀랐잖아요."

"누가 그렇게 넋 빠진 얼굴로 있으래?"

"여기서 더 빠질 넋이 어디 있다고."

누군가에게 개인적인 이야기를 하는 건 생각만으로도 어색했다. 그런데 선령과 대화하다 보면 어느새 속마음을 털어놓고 있었다. 상대는 내 영혼을 데려갈 선령이었다. 인간이 아닌 그 무엇. 나를 어떻게 생각하고 어떤 시선으로 보든 상관없지 않을까? 처음에는 두려웠다. 하지만 이내 아무려면 어때 싶은 자포자기 상태가 되었다. 지금은 오히려 상대가 편해졌다. 어차피 저승으로 끌려갈 테고, 내 이야기 따위 까맣게 잊어버릴 테니까 말이다. 다만 알 수 없는 건, 저 얼굴 허연 선령의 진짜 목적이 무엇인가이다. 나를 육체로 되돌려 보내는 것, 아니면 저승으로 데려가는 것. 둘 중 어느 쪽인지 헷갈리기 시작했다.

"어때? 네 모습을 실시간으로 지켜보니까."

"아저씨라면 좋겠어요? 더 이상 나갈 멘털도 영혼도 없어서 그냥 참고 보는 거라고요."

"우리 인간, 아니 영혼적으로 내가 아저씨는 아니잖아? 차라리 형이라고 불러. 겉모습은 그게 훨씬 어울리잖아."

"형은……."

형이라는 소리 한 번쯤은 듣고 싶었다. 형아가 아닌 형. 또래 형제들처럼 아무것도 아닌 일로 싸워도 보고, 가끔은 저 자식이라거나 나쁜 놈이라는 욕설을 들어도 상관없을 것 같았다. 그게 완이라면 오히려 기쁠 것이다.

"됐어요. 그깟 호칭 누가 듣는다고."

이젠 절대 듣지 못할 테지. 그래, 지금 와서 이런 게 다 무슨 소용이 있을까?

"누가 듣기는, 인마. 내가 듣잖아."

그가 끙 소리와 함께 복도 벽에 기대섰다. 쉬는 시간이 끝나기 무섭게 팝콘처럼 교실에서 아이들이 튀어나왔다. 내 시선이 친구들에 둘러싸인 류에게 머물렀다.

"야, 너 학교에서는 완전 다르다. 생각보다 밝은데?"

"중학교 같이 나온 녀석들은 알아요. 하지만 괜히 티 낼 필요 없잖아요."

"단순히 그것 때문일까?"

나는 흘낏 선령을 곁눈질했다. 그가 허공으로 휘파람을 불었다.

"인간이란 참 재미있어. 뭐든 객관적으로 보는 게 좋다고들 하잖아. 개인적인 감정이나 사사로운 관계를 떠나 최대한 거리를 두고 바라보자고 하지. 그런데 말이야, 스스로에게는 그게 잘 안 되나 봐?"

그 순간 누군가 류에게 뛰어왔다. 자세히 보니 마인이었다. 빌려 간 물건을 제 것처럼 쓴다 하여 친구들 사이에서 "It's mine."으로 통했다. 정신없이 달려온 것을 보니 그 이유를 알 것 같았다.

"은류, 너 체육복 있냐?"

류의 체육복은 베란다 빨래 건조대에 얌전히 널려 있었다.

"집에 있어."

"아 씨. 나 지난번에도 걸렸거든. 체육이 가만 안 있을 텐데. 왜 다들 없다는 거지?"

"그건 네가 워낙 남의 체육복을 험하게 입어서겠지. 네 별명이 괜히 마인이겠냐."

대답은 영혼인 내 입에서 나왔다. 육체의 은류가 이런 말을 할 턱이 없을 테니까.

"5반은?"

류가 물었다. 마인이 거칠게 뒷머리를 긁적였다.

"오늘 이론 한대. 안 그래도 다 뒤져 봤는데 무조건 없단다. 사물함에 있는 거 다 아는데. 치사한 자식들. 체육복이 뭐 닳기라도 해?"

"닳기만 하냐? 아예 걸레로 만들어 놓는데. 야, 네가 찢어 먹은 체육복이 한두 개냐. 나도 너한테 체육복 빌려주기 진짜 싫었다."

나는 천천히 마인의 주위를 한 바퀴 돌았다. 영혼으로 남은 것이 생각보다 재미있었다. 선령을 제외하면, 나머지 인간들은 전혀 나를 알아볼 수 없다. 덕분에 평소라면 혀 밑에 착착 구겨 넣었을 말도 이렇게 속 시원히 면전에 내던질 수 있으니까.

"아 씨, 어떡하지?"

마인이 흘낏 류의 눈치를 살폈다. 어떻게든 해 보라는 무언의 압박이었다. 다른 사람도 아닌 은류라면 자기 일처럼 나서서 무슨 수를 써서든 체육복을 구해 줄 테니 말이다.

"오늘 오전에 2학년 체육 했던데."

"아예 2학년 교실까지 뒤지겠다? 너도 참 너다."

등 뒤에서 키득거리는 소리가 들려왔다. 나는 매섭게 선령을 노려보았다.

"이봐, 그게 다른 누구도 아닌 너 자신이야. 네가 쯧쯧 혀 차는 인간이 바로 네 육체라고."

결국 류는 제 친구를 남겨 두고 계단을 뛰어 올라갔다. 녀석의 뒷모습을 보는데 가슴속으로 한 줄기 바람이 지나간 듯 기분이 오묘했다. 바로 그때 새하얀 손이 내 어깨를 움켜잡았다.

"그래서 객관적으로 보는 게 중요하다는 거야. 어때, 네 모습을 제삼자의 눈으로 보니까. 서서히 뭔가 보이지 않아?"

"뭐가 보여요, 보이긴?"

"문제 말이야. 네 문제."

선령이 두 손바닥을 펼쳐 하늘을 보게 했다.

"내가 말했지. 인간은 한 손에는 문제, 다른 한 손에는 해답을 들고 있다고. 그런데 진짜 문제가 뭔지 알아?"

그가 두 손을 등 뒤로 감췄다.

"대체 문제가 뭔지도 모르는 경우야. 문제를 파악 못 하는데 과연 답이 보일까?"

"내 문제는……."

우당탕 소리와 함께 류가 뛰어 내려왔다. 손에 들린 건 낡은 체육복이었다. 기어이 체육복을 빌린 모양이었다.

"이거 우리 동아리 2학년 선배 거야. 제발 조심해서 입어. 찢어지면⋯⋯."

"알았어, 걱정 마. 역시 은류밖에 없다."

체육복을 낚아채고는 마인이 복도를 달렸다. 짧은 한숨과 함께 류가 교실로 들어섰다.

"또 모르지."

선령이 복도 창으로 교실 안을 엿보았다.

"문제를 파악 못 하는지, 아니면 안 하는지."

그가 뒤돌아 한쪽 눈을 찡긋해 보였다. 교실에서 새어 나온 웃음이 우렁우렁 복도를 울렸다. 가끔 그런 분들이 있었다. 수업 분위기를 띄우기 위해 곧잘 우스갯소리를 하는 선생님. 어떻게든 애들을 웃기려고 애쓰는 가련한 선생님.

"너도 그런 선생님 보면 안쓰러워?"

두 눈이 저절로 휘둥그레졌다. 분명 마음속으로 생각했는데?

"뭐예요, 지금?"

"그게 말이지."

선령이 멋쩍은 표정으로 웃으며 다가왔다.

"별거 아니야. 그냥 네 영혼에 주파수를 좀 맞췄을 뿐이야."

그럼 지금까지 내 속마음을 모두 다 읽었다는 뜻일까? 잠깐만 이건 아니지. 스스로 마음을 내비치는 것과 상대가 멋대로 남의 마음을 읽는 건 전혀 다른 문제잖아?

"아니야. 절대 다 읽진 않았어. 남의 생각 속속들이 읽는 게 뭐 좋겠어."

좋아, 그렇다면 내 영혼에 주파수 맘껏 맞추시기를. 나는 선령의 보랏빛 눈동자를 똑바로 바라보았다. 잠시 시선을 맞추던 그가 절레절레 고개를 내저었다.

"그만해라. 아무리 만만해도 나 영혼 사냥꾼이야. 아주 꾹꾹 눌러 담은 욕을 나한테 다 쏟아 내는구나. 너 의외로 욕 잘한다. 더 듣다가는 진짜 기분 나빠지겠어."

챗 소리와 함께 뒤돌아서던 선령이 "잠깐만요." 한마디에 몸을 돌려세웠다.

"아까 뭐라고 그랬어요."

"왜, 네가 마음속으로 쏟아 낸 욕 나도 똑같이 해 줘?"

"그거 말고."

선령이 검은 후드를 눈썹 아래까지 눌러썼다.

"꾹꾹 눌러 담았다는 거? 그야 은류 네가 더 잘 알겠지. 너도 시간 나면 말이야."

"……."

"네 영혼에 주파수 좀 맞춰 보라고. 내가 아무리 선령이라지만 그 마음의 주인보다야 잘 들을 순 없거든."

그가 걸음을 옮겨 복도 벽 너머로 사라졌다.

"내 영혼의 주파수?"

나는 천천히 교실로 걸어갔다. 창문 너머에는 너무 익숙해서 생경한 류가 앉아 있었다. 내가 저런 얼굴로 수업을 들었구나. 내 뒷모습은 저렇게 생겼구나. 세상에서 가장 낯선 존재는 바로 자신인 것 같았다. 코앞에 붙여 놓은 사진처럼 너무 가까워서 보이지 않는 존재 말이다. 사진을 보고 싶으면 한 발 뒤로 물러서야 하는데 생각처럼 쉽지 않았다. 뭐가 찍혔는지 두려워서, 사진 따위 처음부터 보고 싶지 않아서, 그냥 그렇게 살아왔는지도 모르겠다. 어쩌면 사진을 잊으려 엉뚱한 곳에 시선을 돌렸는지도 몰랐다. 내가 아는 은류라면 충분히 그랬을 것이다. 자신을 늘 변두리로 밀어내고, 무리에서 언제 배척당할지 몰라 전전긍긍하니까. 나는 한참 동안 녀석의 뒷모습을 바라보았다. 한 해가 저물어 가는 12월의 복도에는 시린 냉기가 고여 있었다. 어디선가 익숙한 음성이 들려왔다. 나는 눈을 감고 내 마음의 주파수를 찾기 시작했다.

"류는 여전히 제 동생 질투하니?"

"아직 어리잖아. 잘 놀다가도 가끔 툭탁거려. 완이가 워낙 약하니까 많이 예민해. 형이 조금만 건드려도 자지러지거든. 그러지 말아야지 하는데 나도 모르게 자꾸 류를 혼내게 되더라고. 완이는 말이 잘 안 통하니까 무조건 달래 주는 수밖에 없어."

"형제고 자매고 다들 아웅다웅 지지고 볶으면서 지내야 해. 너도 네 언니랑 오죽 싸웠냐. 그렇게 싸워야 또 정도 드는데 두 녀석은 쉽지 않지."

"겨우 두 살 터울이잖아. 류도 아직 어린데 형이라고 무조건 양보하라 하니 많이 서운하고 속상할 거야. 엄마가 동생만 예뻐한다고 생각하나 봐. 질투가 더 심해진 것 같아. 엄마, 나 너무 속상해. 류도 완이도 나 같은 못난 엄마 만나서……."

"울지 마, 이것아. 네가 뭐가 못난 어미야. 당연한 거다. 어쩌겠냐? 아픈 손가락 놔두고 멀쩡한 손가락 감싸 줄 수는 없잖아. 은 서방은 요즘도 퇴근하면 또 일 나가고?"

"그 사람한테도 미안하지. 검사비다 뭐다 들어가는 돈이 한두 푼이 아니라서."

"미안하긴 뭐가 미안해. 완이는 은 서방 아들 아니냐? 네가 미안해하면 오히려 은 서방 기운 빠질 거야. 네 손가락만 아픈 거 아니다. 은 서방 손가락도 똑같이 쓰리다."

"……."

"내가 오늘 너한테 긴히 할 말이 있어서 불렀다. 엄마가 몇 날 며칠 곰곰이 생각해 봤는데 말이다. 류 내년이면 학교 들어가지?"

만약 겨울이었다면 깊게 잠들 수 있었을까. 그날따라 잠이 오지 않았다. 덥고 습한 날씨에도 에어컨을 틀지 않았다. 뼈밖에 없는 완이가 찬 바람을 싫어하니까. 조금만 서늘해도 곧잘 감기에 걸렸다. 그런 녀석에 비해 나는 더위를 잘 탔다. 겨울이라면 좋았을 것을, 할머니의 두꺼운 솜이불을 덮고 잤다면 조곤조곤 두 사람의 말소리가 들리지 않았을지도 모르는데. 왜 하필 무더운 여름 밤이었을까. 왜 그날의 기억은 선명할까. 벌써 십 년이나 흘렀다. 내 장난감을 침 범벅으로 만들어 놓던 녀석은 이제 세상 그 어디에도 없다.

그 일이 있은 후 나는 변하기 시작했다. 남들과 조금 다른 동생과 살다 보니 이른바 철이 일찍 들었다. 일일이 챙겨 줘야 하는 녀석과 달리 내가 할 수 있는 일들은 되도록 내 손에서 끝냈다. 누가 시키지도 않았건만 어린 나이에 어떻게 그럴 수 있었는지 스스로가 신기할 따름이었다. 어쩌면 본능인지도 몰랐다. 어떻게든 제어미를 쫓아가는 새끼 사자 같은 마음이었는지도.

"내일 낙엽으로 그림 그리기 한대. 준비물이 마른 낙엽이랑 목공 풀하고 색연필이나 크레파스야. 엄마, 마른 낙엽은 집에 오면서 내가 주웠어. 크레파스는 학교에 있으니까 내일 아침에 목공 풀만 사 가면 돼."

초등학교 2학년 어느 날이었다. 아홉 살의 입에서 나온 말이라고는 믿기 힘들 정도로 나는 또랑또랑하게 말했다. 내가 챙길 수 있는 준비물과 그렇지 못한 것을 구분해 엄마에게 알려 주었다. 숙제는 누가 시키지 않아도 꼬박꼬박 해 갔다. 혹여 선생님께 전화라도 오면 큰일이니까. 이런 나의 노력에도 엄마를 미소 짓게 하는 건 오직 완이뿐이었다. 늘 헤벌쭉 웃는 녀석 덕에 엄마도 자주 웃었다. 여전히 작고 마른 녀석을 아빠는 가볍게 안아 올렸다. 완이는 영원히 아기였다. 흘리지 않고 밥을 먹는 것만으로 엄마 아빠를 기쁘게 만드는 아기. 완이는 두 사람을 웃게 만들었다. 그 건 녀석의 의무이자 특기였다. 내 몫은 따로 있었다. 엄마를 울리 지 않는 것. 아빠를 한숨 짓게 하지 않는 것. 할머니 앞에서 소리 내어 울던 엄마를 떠올렸다. 그 모습이 그림자처럼 등 뒤에 오랫 동안 매달려 있었다.

나는 더 이상 완이를 때리지 않았다. 밀쳐 넘어뜨리지도 않았 다. 녀석이 빼앗으면 순순히 빼앗겼고, 내가 쌓은 블록을 망가뜨 리면 참을성 있게 다시 만들었다. 아무도 믿지 않겠지만 이 모든 것은 나에게 생존이 걸린 문제였다. 내가 양보하고 인내해야만 가족과 함께 살 수 있다고 믿었으니까.

"나는 말이지. 디즈니가 너무 싫어. 뭐든지 해피 엔딩으로 만들 어 버리잖아. 『인어 공주』부터 『노트르담의 꼽추』까지 말이야. 이 러다간 『로미오와 줄리엣』도 로미오가 독약을 먹기 직전에 줄리 엣이 깨어나 하하 호호 영원히 행복하게 살았습니다, 이렇게 변 할 거야. 생각만으로도 싫다. 왜 『인어 공주』나 『로미오와 줄리 엣』이 명작인데? 바로 비극적인 사랑 때문이라고. 이루어질 수 없 기에 더 애틋하고 애절한 사랑. 비극적 결말을 알고 있으니까 행 복한 순간이 더더욱 아름답고 소중하게 느껴지는 것 아니겠냐? 디즈니는 관객의 이 애절한 마음을 너무 몰라요."

언젠가 친구 녀석이 말했다. 디즈니를 저주한다고. 만약 안데르센과 빅토르 위고가 살아 있었다면 이런 망작은 절대 태어나지 못했을 거라고 말이다. 다른 녀석들은 쓸데없는 소리라며 웃었지만 나는 어쩐지 웃음이 나오지 않았다. 비극적 결말을 알기에 더더욱 애틋한 사랑. 그것이 무엇인지 어렴풋이 알 것 같았다. 매일매일 곁에서 지켜보고 경험하고 있으니까. 이 모든 것은 엄마의 함박웃음 속에 녹아 있었다.

사람들에게 비극적 결말이 아름답게 느껴지는 데에는 단 하나의 이유밖에 없었다. 그 마지막이 결코 자신의 것이 아니라는 안도 때문이었다. 자신은 물거품이 되거나 억울하게 처형되지도, 가슴을 찌르는 극단적 선택을 하지도 않을 테니까. 그렇기에 감히 아름답다 말하는 것이다. 나는『인어 공주』와『노트르담의 꼽추』『로미오와 줄리엣』그 어느 것도 아름답게 보이지 않았다. 비단 허구의 이야기만이 아니었다. 현실에서도 사람들은 너무 손쉽게 말했다.

"역시 형만 한 아우 없다더니. 우리 류는 아주 의젓하네."

"류야, 네가 엄마 많이 도와드려야 한다. 동생하고도 잘 놀아 주고. 알았지?"

"류는 형이지? 형은 늘 동생을 보살펴 줘야 하는 거야. 우리 손가락 걸고 약속할까."

사람들은 곧잘 내 머리를 쓰다듬었다. 손에 용돈을 쥐여 주고 어깨를 다독였다. 그럴 때마다 나는 고개를 끄덕이고 웃으며 "네." 하고 대답했다. 그들은 내가 칭찬을 들어 기분이 좋아졌다 생각했다. 의젓하단 소리를 들어서 마냥 신나 한다고 넘겨짚었다. 그 몇 마디 말이 어린 가슴에 얼마나 많은 추를 더하는지도 모른 채 저마다 뿌듯한 얼굴로 돌아갔다. 하지만 어떤 사람도 완이에 겐 말하지 않았다. 형과 싸우지 말고 엄마 아빠 말씀 잘 들으라는 충고나, 착하고 의젓하게 행동하라는 덕담을 가장한 잔소리를 하지 않았다. 물론 알고 있었다. 그런 얘기가 완이에게 어울리지 않는다는 것을. 하지만 한 번쯤은 나와 완이에게 똑같은 말을 해 주기를 바랐다. 완이에겐 말썽부리지 마라, 나에겐 건강하고 무탈하게 지내라 말해 줬으면 했다. 완이가 일곱 살이었을 때 나는 고작 아홉 살에 불과했다. 아픈 동생을 지키기보다는 놀이터에서 아이들과 싸우고 목 놓아 우는 게 더 어울리는 나이.

"미안해."

"미안하다면 다야? 네가 미라클맨 팔 부러뜨렸잖아!"

부러뜨린 건 내가 아니었다. 그냥 놀이터에서 놀던 녀석이 장난감을 떨어뜨렸을 뿐이었다. 그것이 하필 내 앞으로 날아왔다. 처음에는 전후 사정을 조리 있게 설명했다. 내 나름대로 스스로를 잘 변호했다고 믿었다. 하지만 목소리 큰 사람이 이긴다는 법칙은 비단 어른들에게만 통용되는 것이 아니었다. 아이들 세계에서의 정의 역시 누가 더 큰 목소리로 화를 내느냐에 달려 있었다. 그렇게 상대의 기를 죽이면 억지와 화풀이가 곧 사실로 변해 버렸다.

나는 더 이상 아무 말도 하지 않았다. 그냥 조용히 상황을 끝내고 싶었다. 방법은 간단했다. 미안하다고 말하며 용서를 구하는 것이다. 상대의 덩치가 나보다 커서는 아니었다. 더 많은 친구를 몰고 다녀서도 아니었다. 괜한 싸움을 벌여 녀석의 코피라도 터뜨리면 착하게 살아야 한다는, 그래야 완이의 병이 낫는다는 엄마의 믿음을 깨뜨릴지도 모르니까.

"아닌데. 이거 그냥 형이 떨어뜨려서 부러졌는데?"

녀석의 곁에 완이보다 어린 꼬마가 있었다. 하지만 덩치는 완이보다 컸다.

"조용히 해. 네가 뭘 안다고."

우기던 녀석의 두툼한 손이 꼬마의 까만 머리통을 내리쳤다.

"엄마한테 이를 거야! 엄마, 형이 또 때렸어!"

꼬마가 토끼처럼 깡충거리며 놀이터를 빠져나갔다.

"너, 이번 한 번만 봐줬다."

잠시 나를 노려보던 녀석이 동생을 쫓아 달음박질쳤다. 나는 오랫동안 형제를 바라보았다. 그날도 나는 습관처럼 완이를 떠올렸다. 나는 저 녀석이랑 다르게 동생을 때리지 않아 좋은 형일까? 스스로에게 자문했었다. 완이를 괴롭히지 않았고, 장난감을 넘겨줬고, 숙제를 찢어도 질끈 아랫입술을 깨무는 것으로 끝냈다. 엄마의 품도, 아빠의 너털웃음도 모두 완이의 몫으로 돌렸다. 그러니 나는 분명 좋은 형이어야 했다. 하지만 여전히 그 대답은 찾을 수 없었다.

익숙한 종소리에 퍼뜩 정신을 차렸다. 어느덧 수업이 끝나 버렸다. 그야말로 넋을 놓고 있었던 모양이었다. 선생님이 문을 열기 무섭게 아이들이 튀어나왔다.

"은류, 우리 오늘 급식 먹지 말고 중국집 가자."

반장이었다. 중고교가 붙어 있다 보니 같은 중학교 출신들이 많았다. 이 녀석 역시 중3 때 같은 반이었다. 학원이다 과외다 바쁜 녀석이 빈소에 남아 끝까지 자리를 지켰다. 고등학교 입학 후 반장 후보로 당당히 제 이름을 부르던 배짱 좋은 놈이었다. 몇몇 아이들이 벌써 생기부 관리하느냐며 비아냥거렸지만, 그 말에 신경 쓴 사람은 오히려 나였다. 괜히 상처받지 않을까 걱정되었다. 그러나 녀석은 태연하게 웃고는 어떻게 알았느냐며 너스레를 떨었다. 그것이 사실이든 장난이든 속 시원하게 말하는 태도가 대단해 보였다. 어쨌든 녀석은 반장이 되었고 그럭저럭 반을 잘 이끌어 나갔다.

"중국집?"

"응. 학교 근처에 새로 생겼는데 홀에서 먹으면 반값이래. 오늘 급식 최악이잖아. 가자."

반장은 어린아이처럼 류에게 매달렸다.

"그래, 가자."

"우리 착한 은류. 형님 말도 잘 듣고 아주 예뻐요. 홀에서도 세트 메뉴 팔겠지?"

반장이 류의 어깨를 휘감으며 싱글거렸다. 류는 아무것도 달라지지 않았다. 내가 사라지면 조금은 변할 줄 알았는데, 영혼이 있든 없든 녀석은 여전히 예스맨이었다. 나는 뒤돌아 복도를 빠져나왔다. 류를 보기가 답답하고 짜증 났다. 이럴 줄 알았다면 선령의 말을 듣지 말걸, 자신을 제삼자의 눈으로 보는 것이 이렇게 힘든 일인 줄 알았다면 말이다.

'또 모르지, 보이지 않는 곳을 좀 더 잘 들여다보라고 투명한 영혼이 되었는지도.'

그게 생각처럼 간단하지만은 않았다. 간단하다면 사람들이 자기 자신을 몰라 방황하진 않을 테지. 의사들이 완이의 몸을 속속들이 알지 못하듯, 인간들은 자신의 마음속을 온전히 들여다볼 수 없었다. 그래서 인간을 곧 우주라 표현하는 걸까? 너무 광대해서, 그 시작과 끝을 알 수 없어서.

"야, 은류?"

누군가 불렀다. 류가 뒤돌아 웃었다. 입꼬리를 간신히 끌어올리며 눈동자가 불안하게 흔들리는 미소. 저 표정이 무엇인지 잘 알고 있었다. 괜한 부탁이라도 받을까 긴장하면서도 최대한 내색하지 않으려는 모습. 직접 보니 처연하게까지 느껴졌다.

"너도 참 힘들게 산다."

나는 몸을 돌려 복도 벽을 빠져나갔다.

## 선령의 첫 번째 서

총체적 난국입니다. 아시겠지만 인간들이 터진 주머니 속 동전처럼 홀랑홀랑 제 영혼을 잃어버리고 있습니다. 육체는 멀쩡히 살아 있는데 말입니다. 이런 괴현상이 영혼을 단단히 키워야 할 십 대들에게도 발생할 줄은 몰랐습니다. 멀쩡한 사자를 선령으로 강등하면서까지 제게 이 문제를 해결하라 하셨지요. 솔직히 말씀드려 뾰족한 방법을 아직 찾지 못했습니다.

지난 나흘간, 그러니까 인간의 시간을 말씀드린 겁니다. 명령대로 두 십 대의 영혼을 추적 관찰 및 관리했습니다. 처음에는 육체에서 영혼이 분리된 이 상황을 전혀 이해하지 못하더군요. 하긴 어떤 인간이 이 황당한 현상을 순순히 받아들이겠습니까. 하지만 조금씩 제 주변을 둘러보기 시작했습니다.

한수리의 영혼은 오로지 자신이 잃어버린 것에만 집중합니다. 한시도 제 육체 곁을 떠나려 하지 않습니다. 그렇게 제 몸을 향해 날마다 새로운 분노와 저주를 토해 냅니다. 생각보다 언어 구사력이 대단히 뛰어난 친구입니다. 고로 한마디도 안 진다는 뜻입니다.

다른 한 영혼, 은류는 자신이 잃어버린 것을 애써 외면합니다. 제 육체 근처에도 가지 않으려 합니다. 제 몸 보기를 길가에 떨어진 전단지 보듯 합니다. 오래전 일흔일곱에 죽은 사령을 인솔한

적이 있는데 그때 상황과 별반 다르지 않습니다. 아시겠지만 은
류는 열일곱 살입니다.

수리는 몹시 조급해하며, 류는 아주 태연합니다. 이렇게 극과
극의 영혼이 동시에 육체를 이탈한 일은 정말 이례적입니다. 그
만큼 제 피곤이 가중된다는 사실 또한 알아주시길 바랍니다. 만
약 남은 사흘 안에 개성이 또렷하다 못해 흘러넘치는 두 영혼이
육체로 돌아가지 못한다면 제가 직접 저승으로 인솔할 수밖에 없
습니다.

수리의 영혼을 만나면 아시게 될 겁니다. 귀가 따갑다는 인간
의 말이 무엇인지. 물론 은류라는 영혼 역시 만만치 않습니다. 답
답해 복장 터진다는 말을 직접 경험하실 테니까요. 무엇을 상상
하든 그 이상일 테니 기대하셔도 좋습니다. 인간의 십 대는 마치
타들어 가는 폭탄의 심지 같습니다. 보고 있으면 심장이 매 순간
아주 쫄깃해지실 겁니다.

암울한 소식 중에 티끌만 한 희망적인 이야기가 있습니다. 수리
의 영혼이 드디어 자신에게서 한 걸음 물러섰다는 것입니다. 류는
이제야 비로소 스스로에게 한 발 다가섰습니다. 각자 잃어버린 것
이 무엇인지 조금씩 알아 가는 듯 보입니다. 결과는 아직 장담할
수 없습니다. 일주일이란 그리 긴 시간이 아니지요. 평생을 스스
로를 잃어버린 채 사는 사람도 많지 않습니까. 인간이란 본디 쓸
데없이 복잡하고 믿을 수 없을 만큼 단순한 생명체니까요.

어쨌든 지금부터는 방법을 조금 바꿔 볼까 생각 중입니다. 타산지석이나 반면교사를 교훈 삼아⋯⋯. 솔직히 제발 그냥 둘이 좀 알아서 했으면 좋겠단 뜻입니다.

인간 세계에서

선령 올림

# 제5장 미안한 나에게

그럴싸하게 보이고 싶었다. 단순한 공붓벌레 엄친딸이 아닌, 다방면에 재능 있는 아이라는 평가를 받고 싶었다. 공부만큼이나 노는 것에도 열중했다. 그 시간을 만회하기 위해 밤을 새워 책을 팠다. 다음 날 녹초가 된 상태에서도 풍경 사진 한 장에 감성적인 문구를 얹어, '싸늘한 날씨지만, 하늘은 벌써 봄을 만난 듯.' 같은 글을 SNS에 올렸다. 반쯤 풀린 눈으로 간신히 등교하는 주제에. 몸은 강에 던진 조약돌처럼 가라앉는데 마냥 여유로운 척, 밝은 척하기에 바빴다. 하지만 문제라고 생각하지 않았다. 손님을 초대하기 전 청소를 하는 일과 같다고 믿었다. 의자에 수북이 쌓인 옷들을 서랍에 아무렇게나 구겨 넣듯이 말이다. 방문을 열었을 때 눈에 보이는 곳만 깔끔해지면 그만이었다. 삶에도 보정이 필요한 순간은 늘 존재했다.

"아니, 어제저녁까지만 해도 멀쩡하던 애가, 밤사이 이게 무슨 일이니?"

수리의 이마를 짚으며 엄마가 미간을 일그러뜨렸다.

"빨리 병원 가자."

나는 침대에 걸터앉아 콧방귀를 뀌었다.

"걱정 마. 얘 그 정도는 아니니까."

"그 정도는 아닌 것 같아. 조금만 쉬면 괜찮아질 거야."

수리가 콜록콜록 기침을 했다. 그럼 그렇고말고, 영혼의 명령대로 육체가 따라 주는 게 인지상정이지. 나는 힘없이 누워 있는 육체를 향해 입술을 비죽였다.

"알았어. 그럼 약국이라도 다녀와야겠다. 오면서 죽 사 올게. 여태 결석 한 번 안 하던 애가……. 담임 선생님한테는 연락했으니까 아무 걱정 말고 누워 있어."

엄마가 일어나 방을 빠져나갔다. 내 입에서 쳇 소리가 터져 나왔다. 물론 이렇게까지 하고 싶지 않았다. 아직 되찾지 못했지만 엄연히 내 몸이었다. 학교를 결석하는 것 역시 정말 싫었다. 초등학교 때부터 지금까지 한수리에게 결석이란 없었다. 물론 알고 있다. 학교를 하루 쉰다고 해서 문제 될 건 전혀 없었다. 다만 내가 정한 루틴에서 벗어나고 싶지 않았다. 늘 하던 계획대로 움직이지 않으면 하루를 왕창 버리는 기분이랄까? 중요한 학교 소식을 놓칠지도 몰랐다. 나는 콧물을 흘리면서도 기어이 가방을 어깨에 메는 아이였다. 다시 생각해 보니 그 틀만큼 웃긴 것도 없었다. 그깟 결석이 뭐라고. 아프면 그럴 수도 있지. 그동안의 아집이 어쩐지 미련하게 느껴졌다.

"이제 속이 시원하냐? 네 뜻대로 돼서?"

선령이 선득한 시선으로 비아냥거렸다. 나는 대답 대신 어깨를 으쓱해 보였다. 내 육체를 이토록 병들게 했는데 속이 시원할 리 있으랴……마는 한편으로는 은근히 개운했다. 이렇게 힘없이 누워 있으니 짜깁기한 수행 평가는 내지 못할 것 아닌가. 똑같이 비난을 받을 바에는 정직을 선택해야 했다. 점수는 얼마든지 만회할 수 있지만 한번 추락한 이미지는 다시 복구할 수 없다.

"뭐든지 다 완벽할 수 없다고 했잖아요. 하나를 얻기 위해선 다른 하나를 포기해야겠죠."

나는 자리에서 일어나 선령에게 가까이 다가갔다.

"대단하다, 한수리."

"이왕이면 현명하다고 해 주세요."

선령이 어이없다는 표정으로 고개를 내저었다.

"수리에게 최대한 강한 냉기를 불어넣어요."

이것이 내가 선령에게 부탁한 특단의 방법이었다. 함께 교실에 갔을 때 아이들은 선령의 존재를 온도로 감지했다. 선생님들도 히터가 고장 났느냐며 의아해했다. 비록 보이지도 들리지도 않지만 모두들 선령이 몰고 다니는 특유의 냉기는 느낄 수 있었다. 그는 인간의 영혼을 사냥하는 사냥꾼이었다. 그 오스스한 냉기만으로 사람들을 움츠리게 만들었다.

"나보고 지금 뭘 하라고?"

내 부탁에 선령은 깜짝 놀라 보랏빛 눈동자를 크게 부풀렸다. 그러나 황당한 표정은 오래가지 않았고 순순히 내 부탁을 들어주었다. 결과는 예상대로였다. 그가 가까이에서 맴도는 것만으로 육체의 수리는 오한을 느끼며 으슬으슬 떨기 시작했다.

"정말 이렇게까지 해야 해? 이제 그만하지?"

난처해하는 선령을 향해 나는 고개를 저었다.

"그 정도로는 어림도 없어요. 쟤가 얼마나 독한데. 어설프게 아프면 기어서라도 학교에 갈 독종이라고요."

"와, 진짜 그 영혼에 그 육체네. 대체 누가 누구한테 독종이라고 하는지 모르겠다."

선령이 다가가자 강한 냉기가 육체를 감싸안았다. 추위에 오들오들 떠는 수리를 보자 마음 한구석이 시려 왔다. 그러게 왜 평소답지 않게 편법을 쓰려 하는지. 바보 같은 내 육체가 한없이 원망스러웠다.

"이제 만족해? 육체를 병들게 하면서까지 과제 제출을 막아서?"

나는 대답 대신 긴 한숨을 내쉬었다. 육체에서 빠져나오니 별 말도 안 되는 상황과 맞닥뜨리게 되었다. 다른 누구도 아닌 영혼의 한수리가 다른 무엇도 아닌 제 육체에게 해를 가하다니. 이것만큼 비극적인 아이러니가 또 어디 있겠는가 말이다.

"어쩔 수 없잖아요. 내가 짜깁기한 거 들통이라도 나 봐요. 지금까지 쌓은 이미지가 단번에 무너진단 말이에요. 다른 글들도 대충 짜깁기해서 올렸다고 오해할 거라고요."

선령이 한숨을 내쉬고는 팔짱을 꼈다.

"그러니까 너는 지금까지 네가 쌓아 온 이미지를 육체가 허물어뜨릴까 봐 이러는 거야? 네 육체가 옳지 못한 짓을 해서 막으려 한 게 아니라?"

"두, 둘 다예요. 남의 글을 훔친 건 나쁜 거고, 그러니 막아야죠. 발각되면 더 큰 타격을 받을 테니까."

당연히 부정행위를 막고 싶었다. 공정하지 못한 방법이었고 떳떳하게 책을 읽은 아이들에게 미안한 일이었다. 하지만 그 마음에서 한 걸음 더 들어가면 정의감만큼 두려움도 몸피를 키웠다. 한수리의 이미지가 큰 타격을 입을까 무서웠다.

"그래서 손가락 하나 까딱 못 하도록 육체를 아프게 했다?"

"어쩔 수 없었잖아요. 나는 뭐 마냥 신나는 줄 알아요?"

나는 날카롭게 선령을 쏘아보았다. 모든 것을 꿰뚫고 있으면서 모른 척하는 엉큼함, 치부만 골라 찔러 대는 고약함, 실없이 웃고는 있지만 무슨 생각을 하는지 전혀 알 수 없는 음흉함까지. 정말이지 마음에 드는 구석이 하나도 없었다. 어디 그뿐이겠는가? 이제 며칠 후면 영혼인 나를 끌고 저세상으로 가 버린다고 했다. 열여덟 살 인생 최대의 적을 만났다.

"나도 싫어요. 영혼인 내가 육체를 아프게 하는 거. 정말 싫다고요."

그가 고개를 갸웃하고는 툭 한마디 내뱉었다.

"그때도 싫었나?"

"……."

"네 영혼이 육체에서 빠져나오기 전."

"그때…… 뭐… 뭐가요?"

선령은 아무 말 없이 나와 두 눈을 맞췄다. 저 보랏빛 눈동자, 내 깊은 심연까지 들여다보는 저 투명한 수정 구슬이 나는 점점 더 부담스럽고 두려웠다.

"너 스스로가 영혼을 아프게 했을 때도 싫었냐 묻잖아."

선령의 한마디에 막 잠에서 깬 듯 멍한 기분이 들었다. 한순간 모든 것이 정지되어 버렸다. 주위에 소음이 사라지며 생각과 감각조차 마비된 것 같았다. 내가 영혼인 나를 아프게 한 적이라. 없다고 말해야 하는데, 아니 말할 수 있는데 이상하게 입이 떨어지지 않았다. 나는 누구보다 나 자신을 아끼고 사랑했다고 자부했다. 최선을 다하고 최고의 것을 주려 노력했다. 그 과정이 힘들긴 해도 덕분에 더 큰 것들을 손에 넣을 수 있었다. 그러니 나 스스로 영혼을 아프게 한 적은…….

"나는 한 번도……."

"뭐 없으면 됐고."

선령이 말허리를 잘라 내고는 잠든 육체의 수리를 내려다보았다.

"아픈 네 육체 곁에 내가 계속 있으면 썩 좋지 않을 것 같아. 어차피 학교도 못 가고 수행 평가 제출도 물 건너갔잖아. 계속 냉기를 불어넣을 필요 있나?"

"……."

"왜, 아직 부족해? 아예 며칠 앓아누울 정도로……."

"아, 진짜 그만하라고요."

선령이 붉은 입술을 비틀며 짓궂게 웃었다.

싫은 감정을 대놓고 드러내는 모습은 유치하다고 믿었다. 아이들과 충돌할 때조차 나는 여유를 보였다. 속은 활화산처럼 들끓어도, 혀끝에 욕설이 대롱거려도, 겉으론 태연한 척했다. 그래야 진짜 승자라고 생각했다.

그런데 영혼으로 남고 보니 그런 것들이 다 무슨 소용인지 싶었다. 화가 나면 소리를 지르고 욕도 좀 해도 되지 않을까. 체면 따위 집어치우고 저 얄미운 선령의 입술을 한 대만 쥐어박으면 속이 다 시원할 것 같았다.

"네가 곁에서 간호라도 해 주게?"

나는 선령을 보며 꽉 두 주먹을 움켜쥐었다.

"내가 육체는 건드리지 못해도, 다른 누군가는 건드릴 수 있다는 걸 명심해요."

"걱정 마. 절대 잊지 않으니까."

그가 두 손을 들어 보이고는 콕콕 벽을 가리켰다.

"아픈 네 육체 보는 거 너도 싫다며? 그럼 바람이나 쐬러 가는 게 어때?"

바람을 쐬러 가자니. 자기 일 아니라고 태평하게도 말한다.

"싫으면 여기 있든가."

선령이 벽을 향해 걸음을 옮겼다. 그렇다고 앓아누운 수리를 내내 바라보고 있을 수만은 없었다. 차라리 선령과 동행하는 편이 나을 것 같았다. 또 누가 알까? 저 심술쟁이가 육체로 돌아갈 묘책이라도 줄지 말이다.

"같이 가요."

나는 선령을 따라 성큼 걸음을 옮겼다.

벽을 넘어서자 류의 모습이 나타났다. 정확히는 녀석의 영혼이라고 해야겠지만.

딱딱한 첫인상만큼이나 류는 여전히 표정 없는 얼굴이었다. 처음에는 같은 인간이니 말이 좀 통하지 않을까 기대하기도 했다. 그러나 전혀 아니었다. 저 답답한 아이와 대화하느니 차라리 벽을 보고 말하는 편이 몇 배 나을 것 같았다.

선령의 말처럼 류는 제 육체에 관심이 없었다. 류의 영혼이 있던 곳은 엉뚱하게도 도서관이었다. 멍하니 서 있던 류가 흠칫 놀라 몸을 떨었다. 갑작스러운 우리의 등장에 적잖이 당황한 모습이었다. 하루 종일 육체를 따라다닌다 해도 돌아갈 방법은 없었다. 하지만 영혼과 육체가 손잡이와 몸통이 분리된 머그잔처럼 뚝 떨어져 있는 것도 문제가 아닐까.

"여긴 어쩐 일이야?"

류가 당황함을 숨긴 채 물었다. 글쎄? 정말 내가 왜 여기 왔는지 모르겠다. 책에서 읽은 적이 있다. 문제를 해결하려면 그곳에서 한 발 떨어져 보라고. 나는 단지 머리를 식히기 위해서 온 거다. 시간이 남아 돌아서 이러는 게 절대 아니다. 나는 찬찬히 주위를 살펴보았다.

도서관답게 사방에는 빼곡하게 책이 꽂혀 있었다. 너른 바다를 그린 풍경화가 벽면을 장식했다. 창틀에는 크고 작은 화분이 놓여 있었다. 우리 집에서도 키우는 아레카야자도 있었다. 엄마는 아레카야자가 실내 공기를 정화해 준다며 특별히 아꼈다. 눈에 보이지 않지만 인간에게 공기만큼 중요한 것이 없다는 말도 덧붙였다. 그때는 한 귀로 듣고 한 귀로 흘려 버렸는데 눈에 보이지 않지만 인간에게 꼭 필요한 것이 어디 공기뿐일까 싶었다.

"영혼이 육체로 돌아가는 방법, 뭐 그런 책이라도 찾아보게? 찾으면 읽을 수나 있고?"

한마디 내뱉고는 이내 고개를 돌렸다. 이상하게 낯익은 여자가 눈에 들어왔다. 눈매가 류와 똑 닮은 것이 묻지 않아도 누군지 알 수 있었다. 책상에는 소설책 한 권을 올려 둔 채 여자의 시선은 엉뚱한 곳을 향해 있었다. 근육과 뼈, 생기와 호흡마저 사라진 빈껍데기 같은 모습으로 멍하니 앉아 있었다.

문득 처음 류를 만났던 응급실이 떠올랐다. 그날 류의 엄마는 없었다. 조금만 바람이 불어도 날아갈 듯 위태로워 찾아오지 못한 것일까? 그제야 왜 류가 이곳에 왔는지 알 것 같았다. 영혼으로 남은 아들보다 엄마가 몇 배 더 텅 빈 얼굴이니까. 애써 태연한 척해서 미처 눈치채지 못했지만 저 아이에게도 어떤 사연이 있는 모양이었다.

"바람 쐬러 간다고 해서 은근히 기대했는데. 에베레스트산 정상이나 에펠탑 꼭대기라도 가는 줄 알았네."

무거운 마음을 털어 내려 괜스레 큰 소리로 말했다. 하지만 이런 상황에서 가만있을 선령이 아니었다. 우리가 동시에 영혼으로 빠져나왔을 때도 저 붉은 입술은 정말 시끄러웠다.

"뭐 어쨌든 이것도 대단한 인연 아니겠어? 더욱이 나이도 비슷하고. 이왕 이렇게 영혼으로 빠져나온 김에 둘이 서로 친해지는 게 어때. 어떻게 하면 육체를 되찾을 수 있을지 정보 공유도 좀 하고 말이야."

복잡한 머리나 식히러 왔을 뿐이었다. 그런데 상황이 이쯤 되니 내 선택에 큰 오류가 생긴 것 같았다. 하긴, 바로잡아야 할 것이 어디 한두 개여야 말이지.

"여기까지 찾아올 정도로 여유가 많아? 시간이 얼마 없다고 알고 있는데?"

"말했잖아. 내가 오고 싶어서 온 게 아니라고. 나도 마마보이랑 어울릴 생각 전혀 없거든?"

"야, 누가…….."

그 순간 선령이 두 영혼 사이를 파고들었다. 창백한 얼굴에 짓궂은 미소가 번졌다.

"왜 이러시나. 피차 똑같은 처지끼리. 인간은 혼자 살 수 없는 사회적 동물이잖아. 그 중심인 영혼은 어떻겠어. 두 영혼의 교류, 이거 아무나 경험할 수 있는 거 아니다?"

선령이 너스레를 떨었다. 류와 내가 싸늘한 시선을 던졌다. 영혼의 교류 따위 관심도 흥미도 없었다. 제발 내 육체로 돌아갈 방법이나 알려 주면 좋겠다.

"그럼 내 의견에 동의한다 믿고. 나는 잠깐 실례."

뒷걸음치는 선령을 향해 나는 빽 소리를 질렀다.

"어디 가요?"

"다른 영혼 사냥하러 간다. 됐냐? 누군 뭐 맨날 놀고먹는 줄 아나?"

선령이 책장 너머로 모습을 감췄다. 어느 세계나 분주한 모양이구나. 바쁜 영혼 사냥꾼이라니, 절로 웃음이 터져 나왔다. 나는 뒤돌아 여자와 류를 번갈아 보았다. 눈 코 입만 보면 전혀 다른데 전체적인 이미지가 묘하게 닮았다. 이런 게 가족이겠지.

어디선가 진동음이 울렸다. 류의 엄마가 황급히 주머니 속 핸드폰을 꺼냈다. 천천히 키패드를 누르는 손가락에 발갛게 일어난 거스러미가 보였다. 머리카락을 쓸어 올리자, 여기저기 흰머리가 도드라져 보였다.

"혹시 너희 엄마, 네가 영혼 이탈한 거 알고 계셔? 그래서 저렇게……."

"그럴 리 없어. 그냥 습관이야. 지금은 아빠랑 문자 주고받는 중일 거야. 하루에도 몇 번씩 엄마한테 전화랑 문자 하니까."

습관이 도서관에 오는 것일까? 그럼 독서가 목적일 텐데 왜 책이 아닌 엉뚱한 곳을 바라보고 있을까. 류의 엄마는 완전히 넋 빠진 사람처럼 앉아 있었다. 손만 대면 금방이라도 무너져 내릴 듯한 모습이었다. 물론 진짜 영혼이 분리된 내가 할 말은 아니지만. 가라앉은 공기를 털어 내듯 나는 큰 목소리로 말했다.

"책 하면 또 나 아니겠어? 나 책이랑 아주 친해. 학교에서 다독가로 유명하다고. 독서 감상문 대회에서도 제법 이름을 날렸거든. 물론……."

그 덕분에 내 육체를 병들게 했단 이야기는 차마 할 수 없었다. 류의 엄마가 갑자기 자리에서 일어나 자료실을 빠져나갔다. 그 모습이 얼마나 위태로워 보이던지 당장 달려가 부축이라도 하고 싶을 정도였다.

"있잖아, 너희 엄마 뭔가 속상한 일 있으신가 봐."

"동생 때문에 그래. 늘 이곳에서 그 녀석을 기다렸거든."

"동생? 너 동생 있어? 여자, 남자? 몇 살인데?"

류가 고개를 돌려 나를 보았다. 그 눈빛이 엄마의 뒷모습처럼 공허해 보였다. 보는 사람마저 가슴이 먹먹해지는 텅 빈 눈. 대체 이 모자에겐 무슨 사연이 있는 건가? 무엇 때문에 엄마는 유령처럼 변했고, 아들은 진짜 유령이 되었을까.

"남동생. 나보다 두 살 어렸어."

"그럼 열다섯 살이네? 중학교 2학년?"

"살아 있다면."

나는 입을 반쯤 벌린 그대로 굳어 버렸다. 비록 육체를 떠난 영혼이 되었지만 죽음은 여전히 먼 이야기 같았다. 어쨌든 우리의 육체는 오늘도 멀쩡히 하루를 보냈으니까. 물론 수리는 집에서 골골대고 있지만 말이다. 넋이 빠진다는 푸념과 진짜 영혼이 몸을 떠난 것은 그 온도 차가 너무 컸다. 습관처럼 내뱉은 죽음과 현실 속 죽음의 차이도 이와 다르지 않았다. 아무리 경험해도 절대 익숙해지지 않을 것 같았다.

나는 형제가 없다. 가까운 사람을 잃어 본 적도 없었다. 다른 누구도 아닌 형제가 세상에서 영원히 사라진다니, 그 아픔이 무엇인지 감히 상상도 못 하겠다. 그제야 류 엄마의 유령 같은 모습도 이해되었다. 어쩌면 영혼을 잃은 류보다 훨씬 더 마음이 비어 버렸을지도 모른다. 류의 영혼이 육체에서 분리된 것도 혹여 동생 때문은 아닐까? 그렇게 상처가 큰 아이라서 육체를 잃어버리고, 이 말도 안 되는 상황조차 담담하게 받아들일 수 있었을까.

"미안해……. 나는 생각지도 못했어."

류가 가볍게 어깨를 으쓱해 보였다.

"네가 왜 미안해."

"아무것도 모르면서 괜히……."

말이 채 끝나기도 전에 류가 먼저 입을 열었다.

"혹시 너야말로 '육체로 돌아가는 법' 같은 책이라도 찾으러 왔어? 그럼 여기 남아 있는가, 아니면?"

류가 잠시 나를 보더니 뒤돌아 벽으로 걸어갔다.

"뭐야, 온 영혼으로 사과하고 진심을 말하는데."

정말 예쁘게 봐 줄 수가 없는 영혼이지 않은가.

"내가 진짜 미안해서 봐준다. 그리고 아니면 뭐, 따라오라는 뜻이냐?"

혼자 있고 싶다면 굳이 저런 말을 하지 않았겠지. 선령은 아니지만 그 정도 속마음은 읽을 수 있었다. 문득 돌아본 곳에 엄마 곁에서 배시시 웃는 꼬마 아이가 있었다. 어쩌면 류의 엄마가 본 것은 저 아이가 아니었을까? 보는 사람도 같이 미소 짓게 만드는 밝고 천진한 얼굴. 저렇듯 편안하게 웃어 본 적이 언제였는지 기억조차 희미했다.

친구들의 시답지 않은 농담에도 나는 허리까지 꺾으며 깔깔거렸다. 언제나 조금 과하다 싶은 반응을 보였다. 우리만의 신나는 이야기가 있다는 듯 과장되게 웃거나 놀라 소리쳤다. 하루 종일 웃고 떠들다 집에 오면 알 수 없는 허전함이 밀려들었다. 주위에는 늘 친구들이 있는데, 내 SNS에는 부러움과 칭찬이 가득한데, 시간이 지날수록 점점 더 외로웠다. 공부만큼이나 내 생활도 즐길 줄 아는, 이렇듯 멋지게 비행하는 한수리가 혼자 있을 때는 불안에 떠는 병아리가 되어 갔다. 모든 것들이 하루아침에 사라질까 봐, 사람들이 바보 같은 한수리를 눈치챌까 봐 초조해하다 결국 제 영혼마저 잃고 만 걸까. 뭔가 잘못되었다고 생각했지만 도대체 무엇이 어디서부터 어긋났는지 알 수 없었다. 영원히 그 답을 찾을 수 없을지 모른다는 두려움이 땅거미가 내리는 하늘처럼 가슴속을 까맣게 물들여 갔다.

"책을 찾으러 왔냐고? 너도 생각해 봐라, 그런 책이 있겠냐? 내가 다시 육체로 돌아가면 이 이야기 고스란히 기록으로 남길 거다."

영혼이 되어 좋은 점은 도서관에서도 왕왕대며 소리 지를 수 있다는 것이다. 하지만 전혀 통쾌하지 않았다. 오히려 공허함만 느껴졌다. 나는 류가 사라진 벽을 향해 성큼성큼 걸어갔다.

밖으로 나오니 바람이 차가운지 사람들이 몸을 움츠렸다. 하지만 영혼인 상태에서는 아무것도 느끼지 못했다. 나는 류와 나란히 건물 앞 벤치에 앉았다. 곧 크리스마스가 다가온다. 세상은 성인의 탄생을 기뻐하며 축제를 벌일 테지. 그 성스러운 날이 영혼생에 마지막이 될 수 있다니. 생각할수록 한숨이 터져 나왔다. 물론 하얀 입김은 나오지 않았지만.

나는 슬쩍 류를 쳐다보았다. 그냥 아무 생각 없는 고등학생이라 여겼는데, 어쩌면 누구보다 머릿속이 복잡한 아이일지도 모르겠다. 스스로도 이해하지 못하는 내가 감히 타인을 멋대로 평가하다니, 이러니 내 육체를 아직 찾지 못하는 거겠지. 나는 류에게 아무것도 묻지 않았다. 상대가 먼저 꺼내기 전에는 조용히 기다리는 편이 나을 것이다. 아무리 내 문제로 영혼이 터져 버릴 지경이라 해도 그 정도 분별력은 잃지 않았다. 육체를 잃어버린 것만으로 충분했다. 개념까지 잃어버리면 정말 큰일이다.

"이렇게 돌아다니지 말고 조금 더 스스로에게 집중하는 게 어때?"

류가 한마디 툭 내뱉었다. 그 말이 가슴속 구멍을 더 크게 만들었다. 대체 이 이상 어떻게 자신에게 집중할 수 있단 말일까?

"열여덟 살 인생 통틀어 이렇게까지 나에게 집중한 적 없었어."

"전에는 스스로를 외면했단 의미로 들리는데?"

내가 나를 외면했다고? 아니, 나는 누구보다 나 자신에게 충실했다. 내가 스스로를 외면했다면 성적부터 체력, 친구 관계까지 모두 엉망이었겠지. 물론 그런 것들이 내 전부라 말할 수는 없겠지만……. 또다시 머리가 아파 왔다. 끝없는 뫼비우스 띠 위를 걷는 기분이었다.

"그런 너는 왜 아직도 육체에 못 돌아가고 있는데."

못 돌아가는지 안 돌아가는지 알 수 없지만. 선령의 말에 의하면 류는 나처럼 육체로 돌아가기 위해 분투하지 않는다고 했다. 정말 동생을 잃은 일과 연관이 있을까?

"꼭 돌아가야 할까? 이대로도 나쁘지 않잖아. 영혼 없이 사는 거 말이야."

"야, 그렇게 쉽게 말하지 마. 그건……."

네 엄마를 위해서도 좋지 않다고 말하려 했다. 하지만 이내 고개를 내저었다. 어쩌면 진짜 류의 상처를 건드리는 일일 테니까.

"그건 급식실 없는 학교나 샤워실 없는 수영장이랑 같아."

"무슨 비교를 해도 죄다."

류가 키득키득 소리 내어 웃었다. 그래, 너 실실 웃으라고 그랬다. 됐냐? 저런 모습은 또 영락없는 열일곱 살이다.

"영혼이 없다는 건 생각을 안 한다는 뜻이잖아. 그만큼 삶이 단순해진다는 거 아니야? 그게 그리 나쁘지만은 않은 것 같은데. 어차피 삶은 다 시시하지 않나? 그저 둥글둥글 모나지 않게 살라고들 하잖아. 그러려면 오히려 영혼이 방해되지 않을까."

영혼이 방해가 된다고? 좀비나 인공 지능이라면 또 모르겠다. 영혼 없이 살아가는 육체가 나쁘지 않다니?

"야, 백번 양보해서 육체와 영혼이 함께 소멸하면 그나마 나아."

"그냥 죽는다고 그래. 육체와 영혼의 소멸은 무슨. 오글거리게."

물론 쉽게 죽음이라 말하고 싶었다. 하지만 말 한마디도 조심스러웠다. 그러고 보니 참 이상했다. 남의 상처를 건드릴까 조심 또 조심하면서, 내 상처는 아무렇지 않게 취급했다니 말이다.

"그래, 네 말대로 그냥 죽는다 하자. 그럼 더 이상 걱정할 필요도 없어. 솔직히 나는 완전하게 죽은 게 아니라서 이런 말 할 자격 없는 거 아는데, 내 말은……."

아무리 태연하려 해도 잘 되지 않았다. 동생을 잃은 형 앞에서 죽음을 입에 올리는 건 너무한 처사 아닌가. 이런 난해한 상황에 던져 놓고 머리나 식히러 가자고? 아무래도 그 잘난 선령한테 제대로 당한 것 같았다. 나를 골탕 먹이려고 일부러 류를 만나게 한 것이 틀림없었다. 다음에는 진짜 그 잘난 입술을 쥐어박아야지.

"어려서부터 아팠어. 의사가 열 살을 넘기기 힘들다고 했는데 열네 살까지 버텼어. 아닌 척해도 각오했었나 봐. 적어도 나는."

류가 말을 멈추고 허공을 바라보았다.

"그런데 남의 속사정까지 신경 쓰고, 수리 너 진짜 여유 많은가 봐?"

"야, 여유 많아서 이러는 거 같아? 너야말로 같은 처지끼리 속

뒤집지 말자?"

"네 얘기나 계속해."

대화가 자꾸 삐거덕대지만 함께 있으니 마음은 편안했다. 완전히 영혼으로 남아서일까. 한 번쯤 내 속마음을 내보여도 괜찮을 것 같았다. 그 상대가 같은 처지라면 더더욱.

그래, 류의 말도 충분히 일리가 있다. 이런 상황에서 조심하고 눈치 보는 것도 웃긴 일이다. 아무도 영혼인 나를 볼 수 없으니까.

"어쨌든 우리처럼 영혼만 소멸한 채 육체는 이 세상에 남는다고 해 봐. 그거야말로 진짜 큰 문제 아니냐? 영혼이 사라진 육체가 네 말처럼 아무 생각도 감정도 없이 살아간다니, 상상만으로도 끔찍하잖아. 우리가 영혼이 없는지 모르니까 다들 이상하게 볼 것 아니야. 생각도 없고 이기적이고 제멋대로라고 손가락질한다고."

당장 어제만 해도 그랬다. 영혼이 사라진 수리는 손쉽게 남의 글을 도둑질하고는 태연히 잠들었다. 그나마 영혼인 내가 곁에 있어 간신히 막았지만, 만약 선령을 따라 완전히 저 세계로 넘어가 버리면 그땐 한수리의 남은 삶이 얼마나 엉망진창이 될지 상상조차 하기 싫었다.

"나는 별로 상관없는데? 어차피 지금도 이미……."

"이미 뭐?"

류가 멀리 시선을 옮기고는 다시 말했다.

"너는 영혼이 사라진 육체가 이 세계에서 어떤 평가를 받고 어떤 모습으로 살아갈지 그렇게 걱정돼?"

당연한 것 아닌가? 다른 누구도 아닌 한수리의 일인데.

"너는 네 육체랑 떨어져 있어서 잘 모르나 본데, 영혼을 잃은 내 육체가 점점 더 이상하게 변해 간단 말이야. 다른 누구도 아닌 내 육체가 지금까지 내가 쌓아 온 모든 것을 제 손으로 부숴 버리려 한다고."

류의 텅 빈 시선이 나에게로 옮겨 왔다.

"네가 쌓아 올린 게 뭔지 모르겠지만 그걸 부숴 버리는 육체라면 차라리 다 사라졌으면 싶을 만큼 끔찍하게 느껴져? 네 말대로 다른 누구도 아닌 자신의 육체인데?"

"아니, 내 말은 그러니까……."

"그러니까 너는 네 육체보다 지금까지 이룬 것들이 더 중요하다는 거네. 쌓아 온 이미지와 주변의 평가 말이야. 누구든 그걸 없애 버리면 용서할 수 없다는 거잖아. 그것이 스스로라 해도."

나는 할 말을 잃고 바보처럼 두 눈만 끔뻑거렸다. 류는 그런 내게 마지막 한 방을 선사했다.

"그런 영혼이라면, 내가 육체라도 받아들이고 싶지 않겠다."

"……."

"자신에게 조금의 자비도 없잖아."

바람을 타고 익숙한 목소리가 들려왔다.

'너 스스로가 영혼을 아프게 했을 때도 싫었냐 묻잖아.'

나는 지금껏 누구를 위해, 무엇을 위해 하루하루 최선을 다해 살아왔을까? 세상 누구보다 나를 잘 안다 믿었는데 어쩌면 아무것도 모르고 있는지도 몰랐다. 열여덟 한수리가 누구인지, 무엇이 그 아이를 가장 힘들게 하는지 말이다.

## 제6장 외면한 나에게

시시(詩詩)한 이야기. 고등학교에 입학한 후 처음 가입한 동아리였다.

"어때? 작가님도 초빙하고 가을에는 시화전도 해. 관심 없어?"

당연히 없다. 시는커녕 그 어떤 책도 관심 없었다. 나는 괜스레 뒷머리를 긁적이기만 했다.

"싫은데요."

"소설이라면 모를까 시는……."

"저 문창과 안 가요."

다른 녀석들은 쉽게 내뱉는 말들이 목구멍에 걸린 채 나오지 않았다.

"류랑 잘 어울릴 것 같은데."

나는 흘낏 국어 선생님을 곁눈질했다. 과제를 성실하게 제출해서, 교과서 낭독을 잘해서, 수업 시간에 졸지 않아서, 그냥 내가 어리바리해 보여서. 혹시 소문 때문이 아닐까. 은류에게 부탁하면 다 오케이 한다는, 그 녀석한테 시켜 보라는 선생님들 사이의 정보 말이다. 아마 이 모든 것이 복합적으로 작용했을 것이다. 갑자기 국어 선생님이 시 동아리 가입을 권유한 건.

"우리 동아리에 들어와라. 내가 보기엔 류랑 딱이야."

나는 아랫입술을 잘근거렸다. 선생님의 두 눈을 똑바로 보기 힘들었다.

"그래, 솔직히 말할게."

선생님의 한마디가 어깨를 짓눌렀다. 제발 솔직해지지 마세요. 듣는 사람은 솔직하게 대답할 수 없다고요. 소리 없는 말들이 웅웅 귓가를 울렸다. 또다시 한쪽 머리가 지끈거렸다.

"내가 이 동아리에 진짜 애정이 많거든. 너희 선배들이 너무 잘해 줬어. 추억도 많고 지금까지 만든 문집도 여러 권이야. 적어도 내가 이 학교에 있는 동안만이라도 지키고 싶어."

선생님의 손이 내 어깨를 가만히 움켜잡았다.

"류야, 내가 진짜 부탁할게. 올해 신입 부원이 몇 명 없어."

나는 꿀꺽 마른침을 삼켰다. 목 안으로 커다란 돌멩이가 넘어가는 기분이었다. 내 시선은 고집스레 발끝에 묶여 있었다. 고개를 들면 실망한 선생님을 볼까, 원망스러운 눈빛과 마주할까, 애꿎은 아랫입술만 짓씹었다. 거울을 보는 것만큼이나 상대와 시선을 맞

추는 게 어려웠다. 어른이라면 더더욱 그랬다. 동아리 이름이 시
시한 이야기라고 했나? 이름 참 별로다.

"시는 한 번도 써 본 적이⋯⋯."

"별거 아니야. 가만있어 봐. 내가 재작년 문집 보여 줄게."

선생님이 눈앞에 책을 펼쳐 들었다.


　동글해지기 싫다.

　반짝거리기 싫다.

　모난 그대로

　거친 그대로

　그냥 돌이고 싶다.


모난 돌이라면 쉽게 '네.'라고 대답하지 않겠지. 어느 틈에 동글
동글해졌을까? 처음부터 그렇게 태어났을까? 아니면 내 안의 무
언가가 조금씩 마모되어 갔을까? 어느덧 싫다는 한마디가 입 안에
서 구르기만 하는 자갈이 되어 버렸다. 나는 결국 시시한 이야기
가입 신청서에 이름을 적어 냈다. 그날 저녁 엄마에게 얘기했다.

"동아리 들었어. 쌤이 하도 부탁해서."

그러고는 서둘러 덧붙였다.

"금요일 5교시에 하는데, 특별히 학교에 남는 건 아니야."

창밖을 보던 엄마가 고개를 돌렸다.

"괜찮아, 이제 늦게 와도."

엄마의 시선이 다시 창밖으로 돌아갔다. 그래, 이제 늦게 와도 상관없을 것이다. 친구들과 어울리고 누군가의 집에 몰려가 밤새 웃고 떠들 수도 있었다. 그게 우리 집이 될 수도 있었다. 하지만 나는 여전히 아무도 초대할 수 없었다. 머릿속으로 반질반질한 돌이 스쳐 지났다. 힘껏 손에 쥐어도 아프지 않은 동그란 자갈.

그날 엄마는 끝까지 묻지 않았다. 내가 가입한 곳이 어떤 동아리인지, 무엇을 배우는 곳인지도 궁금해하지 않았다. 물론 알고 있었다. 엄마에겐 아직 마음의 여유가 없다는 것을. 대체 그날이 언제 올까? 문득 영원히 오지 않을지도 모른다는 생각이 들었다.

"갑자기 그럴 때 있지 않아? 머릿속에서 팽팽했던 뭔가가 뚝 끊어지는 기분."

딱히 수리에게 한 얘기는 아니었다. 영혼으로 남아서일까, 머지 않아 세상을 떠나기 때문일까. 선령의 말처럼 가슴속에 꾹꾹 눌러 담은 것들을 조금은 토해 내고 싶었다.

"자주 느끼지. 매번, 순간순간."

귓가에 수리의 장난기 섞인 웃음소리가 들려왔다.

"그냥 별일도 아니었어. 평소라면 '네.' 한마디로 끝났을 텐데. 나도 모르게 폭발해 버렸어."

수리가 조심조심 내 눈치를 살폈다. 이럴 줄 알았으면 완이 얘기는 하지 말걸. 아니, 오히려 수리 앞이라 더더욱 말하고 싶었는지도 몰랐다. 어쩌면 나도 마지막이 될 테니까. 그때는 녀석을 볼 수 있을까? 육체가 멀쩡하게 살아 있으니 아마 힘들겠지.

완이와 나 둘 중 누구도 온전히 이해받지 못했다. 사람들은 언제나 녀석의 아픈 면만 보려 했다. 그 시선은 나에게도 투영되었다. 겉으로 보기에 문제가 없으면 모든 것이 괜찮다고 믿으니까.

"혹시 동생 때문이야?"

수리의 질문이 머릿속에 봉긋한 물음표를 그려 넣었다. 정말 완이 때문에 엄마의 상처에 소금을 뿌렸을까? 아니면 그냥 말도 안 되는 망상이 불러온 바보 같은 행동이었을까. 아마 둘 다일 것이다. 내 엉뚱한 상상이 엄마의 상처를 잔인하게 헤집어 놓았다.

"그 녀석 빈소에서 내가 상을 뒤엎었어."

수리가 동그란 눈을 두어 번 깜빡였다. 이게 무슨 소리인가 싶은 표정이었다. 내가 벌인 일이었지만 정확히는 기억나지 않았다. 그저 시끄러운 딱따구리 소리만이 선명할 뿐이었다.

"너 툭툭 가볍게 말하면서 되게 사람 당황시키는 재주가 있구나?"

수리 역시 아무렇지 않게 툭툭 말하며 당혹감을 넘기는 재치가 있었다.

"벌써 일 년이나 지난 일인데 갑자기 엄마가 그 얘기를 꺼냈어. 하긴 기일 전날이었으니까."

"네가 육체에서 빠져나온 날?"

완이가 죽은 지 일 년이 되었다. 그럼에도 엄마는 여전히 도서관을 다녔다. 녀석의 수업이 끝나는 시간이 되어서야 집으로 돌아왔다. 아빠는 하루에도 몇 번씩 엄마에게 전화를 하고 문자를 보냈다. 혹여 엄마가 무서운 생각이라도 할까 몇 배 더 두려워했다. 엄마는 높은 선반 끝에 올려놓은 유리병 같았다. 조금만 흔들려도 힘없이 추락해 산산이 부서질 듯 위태로운. 가까이 다가갈 수도, 쉽게 손을 뻗을 수도 없었다. 엄마는 날카로운 것에 자주 베였다. 식탁이나 가구 모서리에도 부딪혔다. 아빠는 튀어나온 곳마다 보호 캡을 씌웠다. 완이가 있을 때조차 없었던 것이었다. 엄마의 죄책감과 상실은, 강파른 몸 곳곳에 붉고 시퍼런 상흔을 남겼다.

시간은 아슬아슬하게 흘러갔다. 봄이 돌아왔고, 베란다 너머에도 벚꽃이 피었다.

"엄마, 꽃 폈어. 예쁘다."

거실에서 아무 대답도 들려오지 않았다.

"응? 엄마, 우리 밖에 나가서 사진 찍을……."

내가 돌아봤을 때 엄마는 울고 있었다. 어깨를 들썩이던 울음은 이내 통곡으로 바뀌었다. 그제야 비로소 알게 되었다. 엄마는 벚꽃을 좋아한 게 아니었다. 꽃을 보며 아이처럼 손뼉을 치던 완이가 좋았을 뿐이었다. 엄마의 핸드폰에는 유독 봄꽃 사진이 많다. 하지만 더 이상은 아닐 것이다. 그 꽃을 보여 줄 완이가 사라졌으니까.

녀석이 없다고 엄마의 웃음까지 사라지게 할 수는 없었다. 나는 학교에서 있었던 재미난 사건을 엄마에게 들려주었다. 인터넷에서 유행하는 우스갯소리를 진짜인 양 각색하기도 했다. 빙그레 미소 짓던 엄마가 조금씩 소리 내어 웃었다. 하지만 한 번도 환하게 웃지 않았다. 아무리 노력해도 나는 엄마에게 예전의 미소를 되찾아 주지 못했다. 대체 왜 그럴까? 답은 하나밖에 없었다.

나는 완이가 아니었다. 완이처럼 평생을 어린 영혼으로 살지 못했다. 엄마의 어색한 미소는 바로 내 모습이었다. 그 얼굴을 마주하기가 점점 더 힘에 부쳤다. 내가 엄마를 웃게 만들려고 노력하는 만큼, 엄마도 나를 위해 애썼다. 우리는 어깨에 똑같은 무게의 짐을 지고 있었다. 하지만 내색하지 않았다. 엄마 역시 겉으로 표현하지 않았으니까.

"네가 아무 이유 없이 그랬을 리는 없잖아. 다른 곳도 아닌 동생 빈소에서 그런 일을 벌인 건 상대도 그만큼 예의에 어긋났다는 거 아니야?"

예의에 어긋났다고? 그럴지도 모르겠다. 아니면 너무 정직해서, 멋대로 우리 가족을 잘 아는 척해서, 혹은 나보다 더 내 마음을 꿰뚫어 봐서 참을 수가 없었을까. 뭐라도 하지 않으면 그곳에 있는 모든 사람들이 내게 손가락질하며 한목소리로 비난할 것 같았다. 그 일은 결국 내 심연 깊숙이 묻어 놓았다. 아무도 꺼내지 못하게, 나조차도 들어가지 못하게 커다란 자물쇠로 걸어 잠갔다.

그런데 다른 누구도 아닌, 엄마가 그 문을 부숴 버렸다.

그날 입맛이 없는 엄마를 위해 죽을 사 왔다. 애써 아닌 척해도 힘들었을 것이다. 완이의 첫 기일이 하루 앞으로 다가온 날이었다. 식탁 위 수첩에는 완이가 좋아하던 음식들이 빼곡하게 적혀 있었다. 등 푸른 생선과 견과류가 보였다. 완이는 생선을 좋아했다. 태생적으로 좋아했는지 너무 많이 먹어 입에 맞게 됐는지는 알 수 없지만 아마 후자가 아닐까. 엄마는 두뇌 발달에 좋다는 생선과 호두를 완이에게 자주 먹였다. 하지만 내 입맛은 정반대였다. 생선은 비릿했고 호두는 그 텁텁함이 싫었다. 엄마는 내가 뭘 좋아하는지 알고 있을까? 수첩 한쪽을 다 채울 수 있을까? 문득 의구심이 들었다. 그러나 이내 도리질 쳤다. 이런 스스로가 유치하고 철없게 느껴졌다. 내일은 녀석의 첫 기일인데, 내가 무슨 생각을 하고 있나 싶었다. 나는 서둘러 죽 그릇을 꺼내 들었다. 이왕이면 예쁜 그릇에 담아 드리고 싶었다. 꽃집에 들러 사 온 장미 한 송이도 입구가 좁고 긴 유리병에 꽂았다.

"뭘 이렇게까지."

밖으로 나온 엄마가 살포시 미소 지었다. 엄마와 아빠는 완이가 사라지자 대화가 줄어들었다. 나와 엄마 사이도 마찬가지였다. 녀석이 사라진 집 안에서 우리는 서로를 어색해하고 낯설어했다.

웃음을 잃어버린 엄마를 위해 몇 가지 암묵적 규칙이 생겼다. 정확히는 아빠와 나의 약속이라 해야겠지만, 완이가 좋아하는 연예인이 나오면 재빨리 채널을 돌리거나, 외식을 할 때는 드라이브를 핑계로 먼 식당을 찾거나, 배달 음식으로는 절대 피자를 시키지 않거나, 아빠가 퇴근하며 분식집에서 모둠 튀김을 사 오지 않는 것들 말이다.

사람들에게 웃음을 주는 연예인과 집 근처 샤부샤부 전문점과 피자와 모둠 튀김까지 이 모든 것은 나도 좋아했다. 하지만 언제나처럼 나의 취향과 입맛 따위 전혀 중요치 않았다. 우리는 단지 새로운 가족 관계에 익숙해져야 하는 숙제를 떠안았을 뿐이다. 힘든 과제였지만 나는 어떻게든 끝내고 싶었다. 될 수 있는 한 빨리. 그리고 곧 그렇게 되리라 믿었다. 적어도 엄마의 입에서 그 한마디가 나오기 전까지는 말이다.

"엄마가 그동안 정신이 없어서 미처 생각하지 못했는데, 너 그날 둘째 큰아버지한테 크게 결례했지? 큰아버지도 걱정해서 하신 말씀이잖아. 어떻게 그곳에서 그런 실수를 할 수 있니?"

따뜻했던 죽이 식어 갔다. 엄마는 아직 숟가락조차 들지 않았다.

"류야. 엄마가 늘 당부했잖아. 공부 잘하고 성적 좋은 것보다 착하고 바르게⋯⋯."

나는 견디지 못하고 벌떡 몸을 일으켰다. 덜컹이는 의자에 식탁이 흔들리며 유리병이 떨어졌다. 엄마 발밑에 깨진 유리 파편과 장미 한 송이가 널브러져 있었다. 선반 끝에 아슬아슬하게 놓인 유리병은 엄마가 아닌 나였는지도 몰랐다. 떨어지기 전에 붙잡아 달라고, 부서지기 전에 제대로 좀 봐 달라고 소리 없이 외쳤는지도…… 가슴속에서 무언가 훅 하고 빠져나가는 기분이었다. 온몸에 힘이 풀려 금방이라도 자리에 주저앉을 것만 같았다.

나는 우두커니 엄마를 내려다보았다. 언제까지 그래야 하느냐는 질문은 끝끝내 하지 못했다. 이제 완이도 없는데 엄마는 왜 아직도 그 끈을 붙잡고 있는지 묻지 못했다. 나는 뒤돌아 집을 빠져나왔다. 정신을 차렸을 땐 병원 응급실이었고, 나는 육체를 벗어나 영혼으로 남게 되었다.

"그러니까 네 엄마가 그날 일을 다시 꺼내서 화가 났던 거구나?"

그 감정이 단순히 화였을까? 지금 생각해도 잘 모르겠다.

"그 사건이 너를 육체에서 분리했다고 생각해?"

수리가 물었다. 나는 어깨를 으쓱해 보였다.

"단순히 그 일 때문만은 아닐 거야."

"이것저것 쌓여 왔다는 뜻이네?"

너는 아니야? 되묻고 싶지만 침묵했다.

한 해가 저물어 가는 12월이었다. 하늘은 창백하게 낯빛을 바꿨다. 금방 눈이 쏟아져도 전혀 이상할 것이 없었다. 사람들의 입에서 하얀 입김이 뿜어져 나왔다. 우리는 여전히 영혼으로 남아 우두커니 벤치에 앉아 있었다. 믿을 수 없는 현실보다 이해하기 힘든 건, 어지러운 마음속이었다. 내 몸인데도 찾을 수 없고, 내 마음인데도 들여다볼 수 없다니. 뭐가 이렇게 힘들고 어려울까.

"나는 한 번도 공작새가 아름답다 느낀 적이 없었어."

수리가 툭 한마디 내뱉었다. 목소리를 따라 내 시선이 돌아섰다.

"갑자기 웬 공작새?"

나는 괜히 퉁명스레 물었다. 속마음을 내보였다는 생각에 창피했다. 스스로가 낯설게 느껴졌다. 타인에게 스스럼없이 내 이야기를 꺼내기가 아직은 어색했다.

"너는 꼬리를 쫙 편 공작새가 예뻐 보여?"

수리가 물었다.

"그게 공작새의 트레이드마크니까."

내가 대답했다. 수리의 쓸쓸한 웃음소리가 주위를 맴돌았다.

"그렇지만 만약 공작에게 화려한 꼬리가 없다면, 그러니까 참새나 까치나 비둘기처럼 평범한 모습이라면, 우리에 갇혀서 관람객들에게 둘러싸이는 일도 없겠지."

공작이 참새나 까치, 비둘기보다 대단한 새라고는 생각하지 않는다. 하지만 수리의 말처럼 공작에게 꼬리가 없다면 분명 관심은 덜 받을 것이다.

수리는 또다시 침묵했다. 그렇게 한참을 허공만 바라보았다. 갑자기 웬 공작 얘기냐고 불퉁거렸지만 조금은 그 의도를 알 것 같았다. 쌓아 온 것이 많다는 건 최선을 다해 왔다는 뜻이었다. 도둑이 들까 걱정하는 건 집에 보물이 많다는 방증이었다. 가진 것이 없는 사람은 잃을 것도 없지 않은가. 수리는 하루라도 빨리 육체로 돌아가려 했다. 그만큼 한수리 자신을 많이, 또 깊이 사랑한다는 증거가 아닐까?

"그냥 그 꼬리를 볼 때마다 많이 무겁겠다, 그 생각밖에 안 들었거든."

"무거워?"

수리가 고개를 끄덕이고는 말을 이었다.

"응, 힘들어 보였어."

힘들다는 한마디가 가슴에 둥근 파장을 일으켰다. 멀리 내가 모르는 어떤 곳까지 닿은 느낌이었다.

"그럴지도 모르지."

한때는 나도 아픈 손가락이길 바랐다. 그렇게 엄마가 매일같이 웃어 주고, 애틋하게 바라봐 주기를 원했다. 가시를 정성스럽게 발라 숟가락 위에 얹어 주었다면 나도 생선을 좋아하지 않았을까? 하지만 단 한 번도 솔직하지 못했다. 그래 봤자 달라지는 건 아무것도 없을 테니까.

완이는 사라졌다. 하지만 보이지 않는 건 오직 육체뿐이었다. 녀석은 집 안 구석구석, 거리 이곳저곳, 그리고 부모님 마음속에서 여전히 살아가고 있었다. 눈에 보이지 않는 상처는 아픔이 아니라고 생각했는데, 보이지 않아도 여전히 살아 숨 쉬며 존재한다는 것을 알았다. 나는 완이처럼 웃으려 했고 완이처럼 사람들에게 둘러싸이고 싶었다. 여전히 버림받을까 두려웠고 혼자 남겨질까 무서웠다. 아픈 건 늘 완이라고 생각했는데 어쩌면 나였는지도 몰랐다. 블랙홀에 빠진 듯 생각이 과거로 되돌아갔다.

"네 말대로 단순히 버스 사고 때문에 영혼과 육체가 분리된 건 아닐 거야."

수리의 한마디가 멍한 정신을 깨웠다.

"누구 말대로 이것저것 쌓였겠지."

"맞아. 버스 사고가 원인이라면 그날 응급실에 실려 간 모든 사람의 영혼이 이탈했을 거야. 기억나? 선령도 그때 그렇게 말했잖아. 오늘은 두 명이라고."

수리가 말을 멈추고 또다시 생각에 잠겼다.

"어디서부터 잘못된 거지. 왜 결계가 사라지지 않을까? 너는 뭐 짚이는 데 없어?"

짚이는 곳이라. 엄마에게 화를 냈고 아무 말 없이 뛰쳐나왔다. 그것이 원인은 아닐 것이다. 고작 그런 일로 육체가 영혼을 잃어버린다면 세상에 멀쩡한 사람은 단 한 명도 없지 않을까.

"좀 지쳤던 것 같아."

"혹시 동생 때문에?"

수리가 조심스레 되물었다.

"그냥 모든 것이."

나는 깊게 숨을 내쉬었다. 수리의 시선이 가만히 내 얼굴에 머물렀다. 그 눈빛과 마주하니, 익숙한 목소리들이 하나둘 머릿속에 되살아났다.

"완이 때문에 엄마 아빠 힘드셔. 류야, 너라도 부모님 말씀 잘 들어야 한다."

"부모님이 신경 쓸 일이 한두 가지니? 너까지 괜히 문제 만들지 마라. 공부 열심히 하고."

"네 동생한테 잘해. 나중에 후회하지 말고."

나는 침묵하거나 간신히 고개만 끄덕였다. 사람들의 말처럼 완이의 삶은 길지 않을 테니까. 하지만 과연 그것이 전부였을까. 나를 옥죈 건 녀석이 아니었다. 내가 벗어나고자 했던 건 이 모든 말을 가슴속에 차곡차곡 담아 둔 나 자신인지도 몰랐다.

"나한테 지쳤나 봐."

수리의 표정이 오묘했다. 스스로에게 지쳤다는 말이 뭔지 아는 듯했다. 나는 투명한 두 손을 내려다보았다.

"상대가 불편하고 어려운 것보다……."

"……."

"차라리 내가 힘들고 서운한 게 낫다고 생각했거든."

"너 남의 부탁 거절 못 하는구나? 싫다거나 안 한다는 말도 잘 못 하지?"

나는 힘없는 웃음으로 대답을 미뤘다. 어디서부터 잘못되었는지 모르겠다. 내 마음 가장 밑바닥에 무엇이 놓여 있는지 바라볼 생각조차 못 했다. 그래 봤자 달라지는 건 없다 믿었으니까.

"같은 처지에 내가 뭐라 할 자격은 없지만, 네 육체와 영혼이 분리된 이유를 조금은 알 것 같다. 네 말대로 많이 지쳤나 보네. 육체로 돌아가고 싶지 않을 만큼, 다 놔 버리고 싶었던 거야?"

수리의 목소리가 날아와 가슴에 박혔다. 엄마에게 꼭 물어보고 싶었지만 단 한 번도 묻지 못한 말이 있었다. 엄마의 입에서 무슨 얘기가 나올지 두려웠다. 내 질문 따위는 중요하지 않을 테니까. 가슴속에 꼭꼭 묻어 두면 질문도 사라지리라 믿었다. 파도가 갉아먹는 섬의 귀퉁이처럼 서서히 마모되리라 생각했다. 하지만 모두 나의 착각에 불과했다. 시간이 지나도 지워지지 않는 것이 있었다. 화석으로 남아 더 선명해지는 것들이 존재했다. 선령의 말은 사실이었다. 나는 그 질문을 꽉 움켜쥐고 있었다. 손을 펴지 않는 한 그것은 수리가 말한 공작의 꼬리처럼 영원히 등 뒤에 매달려 있을 것이다.

"남한테 말하기는 참 쉽다. 안 그래?"

수리가 두 눈을 가늘게 뜨며 쯧쯧 혀를 찼다.

"자신에게 조금의 자비도 없다는 말. 그거 너에게도 통하는 말이잖아."

어쩌면 그럴지도 모르겠다. 자신에게 자비가 없다는 말이야말로 가장 정확한 대답이었다. 단순히 '아니'라는 부정어를 잃어버렸다 생각했는데, 내가 지우려 했던 건 어쩌면 내 존재 자체가 아니었을까.

"너랑 나 상극인 줄 알았는데, 묘하게 닮은 구석이 있다."

"너랑 내가?"

수리가 대답 대신 히죽 웃었다. 하지만 미소는 오래가지 않았다.

"처음부터 선령의 말 따위에 귀 기울이지 않았어. 영혼이 빠져나온 건 스스로의 선택이다 뭐다 했을 때 진지하게 듣지도 않았고. 솔직히 될 대로 되어 버려라. 뭐 이런 기분도 들었어. 자포자기라고 할까? 어쩌면 너랑 비슷했는지 몰라. 나도 지쳤었나 봐. 가끔 그럴 때 있잖아. 평소와 다름없는 날인데, 갑자기 이게 뭐지? 나 뭐 하고 있지? 이런 느낌이 드는 날."

"……."

"그런데 조금은 알 것 같아. 무엇을 잃어버렸는지."

두 영혼 사이에 고요함이 찾아들었다. 침묵은 늘 불안했다. 나와 있는 것이 불편한지 매번 상대의 눈치를 살피기 바빴다. 항상 먼저 입을 여는 사람은 나였다. 관심도 없는 질문을 하거나 괜한 우스갯소리를 늘어놓았다. 상대가 내 말끝이라도 잡아 주면 비로소 안심이 되었다. 하지만 수리와 있을 때는 달랐다. 세상에는 편안한 조용함도 존재한다는 것을 알게 되었다.

"그냥 커피 마시러 가던 길이었어."

수리가 혼잣말처럼 내뱉었다. 곰곰이 처음을 되짚어가는 얼굴이었다.

"커피?"

"유명한 카페야. 바리스타가 라테 아트로 큰 상을 받았거든. 친구들이랑 만나서 커피 마시고 얘기나 하다 오려고 했지."

"……."

"버스에 앉아 창밖을 보는데 문득 엄마가 한 말이 떠올랐어. 열심히 살았는데 남는 게 없는 일 년이라고 했나? 평소라면 그냥 넘겼을 말이 그날따라 오랫동안 귓가에 매달려 있더라고."

"비슷한 생각을 했던 거야?"

수리의 시선이 투명한 제 발끝에 머물렀다. 로사여고라면 나 역시 모르지 않았다. 명문고로 이름이 자자한 곳에서 전교를 휘어잡았다니, 모르긴 해도 하루 대부분은 책상과 한 몸으로 지냈을 것이다. 공부는 기본이고, 동아리와 교내외 활동도 중요하다고 들었다. 하루 24시간이 모자란 사람은 영혼을 잃어버릴 여유조차 없을 것 같은데, 그건 오직 영혼의 주인만이 알 수 있겠지.

"지난 며칠간 육체 한수리를 관찰하면서 한 가지 재미있는 사실을 알아냈어."

"무슨 사실?"

수리가 어떻게 설명해야 할지 모르겠다는 듯 난감한 표정을 지었다.

"수리는 친구들이랑 두루두루 잘 어울려. 괜히 누군가를 미워하거나 뒤에서 욕하는 경우도 없어. 성격이 원만하고 친구들도 잘 도와주거든."

뿌듯한 얼굴에 찬물을 끼얹기 싫었지만 나는 기어이 한마디 던졌다.

"누군가를 괜히 미워하거나 뒤에서 욕하지 않는 건 특별한 게 아니라 당연한 건데."

어느 틈에 엄마의 말투를 따라 하고 있었다. 수리가 찌릿한 시선을 던졌다.

"다들 학교다 학원이다 바쁘니까 깜빡하고 실수하는 게 일상이잖아. 다른 친구들에게 문제가 생기면 그럴 수 있겠다, 어쩔 수 없는 상황이었다, 너그럽게 이해하는데 유독 한 아이한테만은 그 마음이 절대 안 들어. 그냥 걔가 실수하는 것도 꼴 보기 싫고 가끔 혼자서 징징거리는 것도 참을 수가 없어. 생각해 보면 별것도 아닌 아이거든. 그런 애가 친구들 앞에서 괜히 으스대는 꼴도 유치해서 못 보겠어. 다른 사람들은 걔의 진면목을 몰라. 사실 걔 되게 어리바리하고 바보 같단 말이야. 지금 모두들 속고 있는 거야."

수리의 얼굴이 점점 더 투명해져 갔다. 어쩌면 눈물이 고였는지도 몰랐다.

"그게 누군데?"

내가 물었다. 그렁그렁한 두 눈이 내 쪽을 향했다.

"누구겠니. 그 잘난 한수리지."

수리도 나만큼이나 스스로를 미워했나 보다. 아니 이해하지 못

했나 보다.

"생각할수록 웃기지 않냐? 다른 사람에겐 너그러우면서 정작 자신에겐 왜 그렇게 엄격한 잣대를 들이댔을까? 뭐든지 잘해야 하고 완벽해야 하고. 그럼에도 전혀 성에 차지 않고."

"……."

"주위에서 잘한다 칭찬받을 때마다 좋은 게 아니라 불안했어. 더 잘해야 하는데, 더 좋은 성과를 보여 줘야 하는데. 모든 게 단순한 행운이었다는 두려움이 밀려들었어. 사실 나는 실력도 없는데 우연찮게 이 자리에 선 건 아닌가? 이 모든 결과는 내 것이 아닐지도 몰라. 언젠가 사람들이 진짜 나를 알아 버리면 실망할 거야. 그럴 줄 알았다고 야유를 보내겠지. 이런 생각만 하면 마음이 초조해져서……."

나는 수리의 손을 꽉 붙잡았다. 어쩐지 그래야 할 것 같았다. 지금 수리를 볼 수 있고 느낄 수 있는 건 나뿐이었다. 나만이 유일하게 수리를 이해할 수 있었다.

"그래서 잃어버렸는지도 몰라. 꼬리에 너무 많은 눈을 달아 버려서. 그 수많은 눈에서 벗어나고 싶었을 거야."

"세상에는 그런 사람들이 있나 봐."

내가 말했다. '어떤?' 하고 되묻듯 수리가 고개를 돌렸다.

"스스로를 사랑하는 게 어렵고 힘든 사람."

"생각보다 많을 거야."

"벌써 두 명이나 발견했잖아?"

우리는 큭큭 소리 내어 웃었다. 만에 하나 다시 육체로 돌아가게 된다면 그땐 방법을 알 수 있을까? 어떻게 하면 스스로를 사랑하고 불안해하지 않는지. 그 길을 찾을 수 있을까.

멀리 하늘을 보던 수리가 입을 열었다.

"갑자기 그런 생각이 들었어. 만약 우리가 완전히 죽는다면 장례식장은 어떤 분위기일까?"

잠시 멈칫하던 수리가 재빨리 덧붙였다.

"아, 미안. 그냥 내 상황을 조금 더 객관적으로 상상해 보고 싶어서 나도 모르게 튀어나와 버렸어. 하지만 절대 가볍게 얘기한 거 아니야."

"여기서 어떻게 더 객관적일 수 있어. 내 육체를 실시간 생중계로 보는데."

"너는 사람들에게 어떻게 기억될 것 같아?"

육체의 소멸이 진짜 죽음이라면 우린 아직 죽지 않았다. 만약 그랬다면 이미 그 녀석을 만났을 테니까. 내가 봉안당에 갔을 때에도 선령 이외에 수많은 영혼과 마주쳤겠지. 비록 영혼을 잃었지만 내 육체는 오늘도 멀쩡하게 살아 숨 쉬고 있었다.

"누군가를 기억하는 것과 누군가에게 기억되는 것은 완전히 다른 것 같아."

수리가 조용히 읊조리듯 말했다. 나는 허공을 보며 생각했다.

나의 장례식이라……

"뭐, 동생과 잘 지냈던 형으로 기억하겠지. 학교에서는 그럭저럭 문제없는 학생으로 남을 테고. 사람들은 죽은 나보다 남겨진 부모님을 더 걱정할 거야. 두 아들 모두를 잃었으니까."

쉽게 내뱉었는데 순간 가슴에 통증이 느껴졌다. 아들을 모두 잃는다니, 아무도 상상하지 못할 것이다. 나 역시 생각해 본 적 없었다. 완이가 아닌 내가 부모님 곁을 떠나는 상황을 말이다.

뭔가 알 것 같다는 표정으로 수리가 고개를 끄덕였다.

"원래 영원한 이별이라는 것이 그렇잖아. 당사자보다 남은 이들이 감당해야 할 아픔이 더 크니까. 그런데 진짜 그게 다야? 네가 뭘 좋아했는지, 뭘 잘했는지, 너의 특징이나 특기 같은 걸 기억해 줄 사람은 없어?"

특별한 건 없었다. 공부도 그럭저럭, 운동도 그냥저냥 한다. 친구들은 내가 되게 밝은 성격이라고 알고 있다. 뭐든 시키는 일은 다 하니까 선생님들은 꽤나 적극적이고 솔선수범하는 모범생으로 봤겠지. 우스갯소리도 썩 잘하는, 반쯤 나사 빠진 놈으로 생각할 것이다. 침묵이나 무거운 분위기를 못 견뎌 하니까. 웬만한 일에 싫다고 말하지 못하는 예스맨으로 기억될지 모르겠다.

"별거 없어. 내가 원래 그래. 되게 시시한 이야기뿐이야."

시시한 이야기의 의미를 과연 수리는 알 수 있을까.

"와, 너 진짜 영혼 없는 대답뿐이다."

"이보다 더 영혼 충만할 수 없는 대답이거든."

영혼 없는 대답이라? 어쩌면 관심 없는 대답이라는 말이 더 맞을 것이다. 나는 나에게조차 관심이 없는 매정한 놈이었다. 그러니 늘 예스만 외쳤지. 스스로가 그 말에 얼마나 답답해하는지도 모른 채. 이런 영혼이었으니 육체가 아무 미련 없이 던져 버렸겠지.

"그러는 너는?"

내가 물었다. 수리가 큼큼 목소리를 가다듬었다.

"솔직히 말해서, 겉으로야 화려하지."

"……."

"공부는 기본, 책 읽기를 좋아하고 글도 잘 쓰며 감각적인 사진도 잘 찍는 아이. SNS 팔로워도 많고."

수리가 말을 멈추고는 집게손가락을 세워 흔들었다.

"정말이야. 내가 SNS에 올린 서평 좋았다는 사람이 얼마나 많은데. 나 꽤 유명하다니까."

"누가 뭐래? 믿어, 믿는다고."

비록 겉모습 운운하지만 수리는 이뤄 놓은 것이 많았다. 그 정도 능력이 있으니 선령을 따라 저세상으로 가고 싶지 않겠지. 다시 육체로 돌아가려 발버둥 치는 것도 충분히 이해가 됐다.

"솔직히 내 입으로 말하기 조금 쑥스럽지만……."

"지금보다 더 쑥스러울 말이 남았다는 게 신기하다."

수리가 싸늘한 시선을 남긴 채 목소리를 가다듬었다.

"애들이 나는 절대 엄마한테 소개하고 싶지 않은 친구라잖아."

"그 정도로 문제가 많은 거야?"

"바보야. 그런 뜻이 아니고."

수리가 답답하다는 듯 고개를 내저었다. 그러고는 말을 이었다.

"그 반대라고. 무슨 의미인지 몰라?"

아! 이제야 감이 왔다. 그런데 진짜 이런 말을 눈 하나 깜짝 않고 하다니. 정말 다른 이유로 엄마에게 소개해 주면 안 될 것 같았다.

"생기부에 적어 낼 분량이 어마어마하겠다."

웃자고 한 말인데 수리는 돌연 입을 닫아 버렸다. 적어도 수리 앞에서는 분위기를 바꾸려고 노력하지 않아도 되는데 오히려 역효과만 났다.

"네 말이 맞아. 나는 육체를 잃는 것보다 지금껏 이뤄 놓은 것들을 육체만 남은 한수리가 쉽게 부숴 버릴까, 그러다 남들에게 손가락질받을까 그게 더 두려웠어. 그래서 필사적으로 육체로 되돌아가려 했던 거야. 말했잖아, 나 늘 불안해했다고. 언제 파도가 밀려와 내 모래성을 죄다 허물어 버릴지 전전긍긍했으니까."

사람들은 흔히 말했다. 열 길 물속은 알아도 한 길 사람 속은 모른다고. 그러니 타인을 조심하자는 의미로 받아들였다. 세상에는 남을 속이는 엉큼한 사기꾼들이 많으니까. 하지만 그 속을 모르는 건 정작 마음의 주인이지 않을까. 한 길이란 사람의 키 정도라고 했다. 180센티미터도 안 되는 깊이에 뭐가 이리 가득 쌓였을까? 무엇을 그리 꽁꽁 숨겨 놓았을까? 왜 한 번도 제대로 들여다보지 못했을까?

"아직 다 끝나진 않았잖아. 끝날 때까지 끝난 게 아니다, 몰라?"

제법 호기롭게 말했지만, 수리의 어두운 표정은 밝아지지 않았다.

"진짜 모르겠다. 이젠 정말 될 대로 돼라 싶은 생각이 들어."

"그럼 될 대로 되어야지."

"……."

"아주 잘 되어야지."

육체에서 영혼만 빠져나오는 사건을 예상하지 못했듯 앞으로의 일도 알 수 없었다. 그러니 이제라도 말해 줘야 하지 않을까? 무엇을 선택하든 괜찮을 거라고. 설령 그 말이 마지막이 될지라도 말이다. 오히려 그렇기에 꼭 해 줘야 한다.

수리가 팔꿈치로 툭 찌르며 말했다.

"진짜 극적으로 우리 둘 다 육체를 찾으면 그때 서로를 알아볼 수 있을까?"

사고만 아니었다면 평생 수리를 모르는 채로 살았을 것이다. 물론 수리 역시 마찬가지겠지. 만약 육체로 돌아간다면 지금 이 순간들이 기억에 남아 있을까. 어쩐지 아닐 것 같았다. 어지러운 꿈처럼 눈을 뜨기 무섭게 휘발되어 버리지 않을까. 잠시 생각에 잠긴 수리가 물었다.

"우리 약속 하나 할래?"

"무슨?"

"만약 우리 모두 육체로 돌아간다면 한 달 뒤에 만나기로."

"그게 가능할까? 육체로 돌아간다 해도 기억나지 않을 것 같은데?"

"모 아니면 도야. 동전 던지기 같은 거. 확률은 반반 아니겠어? 아주 선명하게 기억하지는 못해도 이렇게 약속하면 무의식에 각인될 수도."

무의식에 각인된다는 말을 좋아하지 않았다. 하지만 이번 경우는 조금 달랐다. 듣고 보니 꽤나 설득력 있는 얘기였다. 영혼이 되어 만나다니, 이만큼 대단한 인연도 없겠지.

"어디서?"

수리의 시선이 왼쪽 허공으로 돌아갔다. 그쪽에 우리가 만날 곳이 쓰여 있다는 듯이. 나도 눈을 돌렸지만 파란 하늘만이 가득했다. 투명하고 맑은. 마치 우리의 영혼처럼 말이다.

"너희 집과 우리 집 중간에 뭐가 있지?"

아직 육체로 돌아갈 방법도 모르는데, 한 달 뒤 약속이라니. 생각할수록 어이없지만 머릿속은 이미 중간 지점을 찾고 있었다. 뭐가 있더라? 뭐였지?

"혹시 거기는 어때?"

내가 물었다. 수리가 두 눈을 반짝였다.

"어디?"

그러니까 거기가 어디냐 하면 말이지……. 눈앞으로 익숙한 이정표가 스쳐 지났다.

"너도 오며 가며 봤을 거야."

한마디에 수리가 고개를 돌렸다. 우리는 그렇게 서로를 바라보았다. 머릿속에 꼭 각인하겠다는 듯이 오랫동안…….

# 제7장 깨달음의 선물

　학교를 결석한 육체 한수리는 모든 것이 끝난 듯 허망한 얼굴이었다. 그깟 수행 평가라는 엄마의 말에는 짜증으로 응수했지만 네가 웬일이냐는 친구들의 메시지에는 그럴 수도 있지, 하고 태연히 대답했다. 그것이 바로 한수리의 모습이었다. 애써 담담한 척 사람들에게 스스로를 포장하는 것 말이다.

　선령의 냉기가 사라지자 수리의 몸은 빠르게 회복되었다. 하지만 수행 평가 제출은 이미 끝났고 수리는 성적 나오는 날만 체크하며 불안해했다. 우울한 딸을 위해 엄마는 오랜만에 외출을 제안했다. 크리스마스이브를 맞아 기분 전환이나 하자는 뜻이었다. 처음에는 심드렁하게 반응하던 수리는 못 이기는 척 방을 나섰다. 아프지 않았다면 벌써 친구들과 요란하게 계획을 세웠을 것이다. 나 역시 육체의 수리를 따라 하늘하늘 집을 벗어났다.

수리의 뒷모습은 보면 볼수록 오묘했다. 크리스마스라는 설렘과 수행 평가 결과 걱정이 똑같은 크기로 매달려 있었다.

"둘 중에 하나만 하지."

한마디가 저절로 튀어나왔다. 신나게 크리스마스를 즐기든 방에 틀어박혀 수행 평가 걱정을 하든 제발 하나만 하길 바랐다. 언제나 그런 식이었다. 운동화 매듭처럼 감정은 시시각각 교차되었다. 예상 외의 성과에도 수리는 마음껏 기뻐하지 못했다. 아직 오지도 않은 다음 평가를 미리 걱정했다. 웬만해선 포기를 모르는 수리는 걱정마저 포기하지 못했다. 어리석은 자가 시소를 탈 때처럼 올라가면 너무 높아 무서워하고 내려가면 추락할까 두려워했다. 생각할수록 스스로가 바보처럼 느껴졌다.

"엄마, 우리도 오랜만에 트리 장식 좀 할까?"

엄마의 팔짱을 끼며 수리가 말했다.

"우리 집에 트리가 어디 있어?"

마지막으로 트리 장식을 했던 때가 언제였는지 기억조차 희미했다. 초등학교 2학년 아니면 3학년 때쯤이었을 것이다.

"예전에 내가 학교 앞 문구점에서 인형 사다가 장식하고 종이 산타 오려 붙이고 그랬잖아."

이봐요, 한수리 씨. 그때가 언제 적인데.

"싹 다 버렸지. 그게 아직도 있겠니? 갑자기 생뚱맞게 웬 트리 타령이야?"

"엄마, 요즘 레트로 감성 몰라? 낡고 오래된 것들, 촌스럽고 투박한 것들이 유행이라고. 직접 장식한 트리면 크리스마스 기념해서 괜찮은 사진 나올 것 같은데. 그저 그런 크리스마스 풍경은 재미없어. 너무 흔하잖아, 특별하지도 않고."

뭐든 특별해지려는 수리는 크리스마스조차 남다르게 보내려 했다.

독특한 카페 가기, 연말 분위기가 담긴 사진 찍기, 친구들과 파티 하기. 수리가 특별하게 생각했던 모든 이벤트는 사실 남들도 으레 하는 것이다. 특별함을 내세운 평범한 크리스마스의 일상 공유. 레트로 감성 앞에 '요즘'이 붙어 있는 것이 바로 그 증거다.

"엄마, 우리 지금 당장 트리 사러 가자."

지금쯤 수리 머릿속에는 그럴싸한 연출 사진이 가득할 것이다. 무엇을 위해 남들과 똑같은 일상을 보여 주려 할까? 그 속에 과연 몇 퍼센트의 진짜 내가 들어 있을까. 이런 고민을 한 번이라도 했다면 영혼을 잃어버리는 바보짓은 하지 않았겠지.

"됐네요. 그래 봤자 내년 되면 또 누가 요즘 집에서 트리 장식을 하냐고 퉁퉁거릴 거면서."

이번에도 말뿐일 것이다. 엄마는 못 이기는 척 수리의 부탁을 들어주겠지. 누구보다 야무지고 제 할 일은 똑 부러지게 하는 기특한 딸이니까. 알고 있었다. 엄마가 은연중에 어떤 생각을 하고 있는지. 성적과 상장, 내신과 등급 같은 얘기가 나오면 엄마의 어깨가 올라간다는 사실도 수리는 잘 알고 있었다.

그렇다고 공부를 강요하거나 성적에 부담을 준 적은 없다. 하지만 세상 어느 부모가 공부 잘하는 자식을 싫어할까. 엄마 아빠의 기대에 부응하려 분투했는데 어느 순간 좋은 성적을 하나의 권력처럼 행사하는 스스로를 발견했다.

"나 이제 고3이야. 내년 한 해 열심히 하라는 의미로 작은 트리 하나 못 사 줘?"

저것 봐라. 또 고3 공격 나왔다.

"하여간 고3이 벼슬이지?"

못마땅한 얼굴이지만 엄마는 결국 백화점으로 향했다. 수리가 엄마의 팔짱을 낀 채 사뿐사뿐 걸음을 옮겼다.

"너 옛날 생각나니? 여섯 살이었나, 어린이집에서 크리스마스 행사 했을 때 말이야."

"엄마가 버린 트리보다 내 기억이 먼저 사라졌을 거야. 엄마야말로 언제 적 얘기야?"

그건 수리 말이 맞다. 어린이집 기억이라고 해 봤자 사진과 동영상이 전부니까. 화면 속의 꼬맹이는 나인 동시에 내가 아니었다. 그 시절 내 영혼은 또 어디로 가 버린 걸까?

하늘을 보던 엄마의 시선이 조금 더 먼 곳에 닿았다.

"그날 어린이집에 산타 할아버지가 오기로 되어 있었거든. 받고 싶은 선물은 일주일 전에 예쁘게 포장해서 어린이집에 미리 보냈지."

그 시절 어린이집과 부모들 사이에 어떤 거래가 성립됐는지 충분히 알 것 같았다. 물론 그 거래는 지금도 어딘가에서 진행 중이겠지만.

"어린이집 끝나고 집에 왔는데 네 손에 들린 선물이 뭔가 이상한 거야."

"뭐가?"

그 질문은 영혼으로 남은 내 얼굴에도 나타났다. 엄마가 웃으며 말을 이었다.

"선물이 다른 아이랑 바뀌었네? 포장지랑 사이즈마저 비슷했지 뭐니. 너는 바다 생물이랑 곤충이 나오는 팝업 북을 갖고 싶어 했거든. 너 어려서부터 책 좋아했잖아. 그런데 엉뚱하게도 미술 도구가 들어 있는 거야."

엄마는 지금 생각해도 재미있다는 듯 환하게 미소 지었다.

"그래서 어떻게 됐어?"

"어떻게 되긴, 그 아이 엄마랑 전화해서 다시 바꿨지."

"완전 동심 파괴네."

수리가 입술을 비죽였다. 엄마가 아니라며 고개를 내저었다.

"사실 나도 걱정 많이 했다. 산타에게 실망하면 어쩌나, 뭔가 의심하면 어쩌나 하고 말이야. 그런데 수리 네가 딱 한마디 하더라."

엄마가 수리의 손을 꽉 움켜잡았다.

"엄마, 산타 할아버지도 실수할 수 있지. 그럴 수도 있는 거야."

수리와 엄마가 동시에 웃음을 터뜨렸다. 그런데 나는 어쩐지 웃음이 나질 않았다. 그래, 충분히 그럴 수도 있다. 실수할 수도, 틀릴 수도 있다. 나는 멍하니 서서 수리와 엄마의 뒷모습을 바라보았다. 어린아이였을 때도 알았던 삶의 이치를 너무 오랫동안 잊어버리고 있었다. 투명한 영혼 주제에 갑자기 두 다리가 무거워졌다.

두 사람이 크리스마스트리를 판매하는 매장에 들어섰다. 내가 수리의 육체를 볼 수 있는 날도 이제 하루밖에 남지 않았다. 이브의 밤이 깊어 가고, 내일이면 이 영혼은 선령을 따라 저승으로 가게 되는 것이다.

엄마가 작은 유리 종을 집어 가볍게 흔들었다.

"어머. 이 소리 봐. 진짜 맑다. 유리로 만들어서 그런가? 수리야, 너도 들어 봐."

수리의 귓가에 투명한 유리 종이 딸랑거렸다. 소리가 제법 또렷하고 맑았다. 하지만 관심 없다는 듯 수리는 이내 고개를 돌렸다. 그 순간 내 육체의 시선을 붙잡은 건 빛나는 은종이었다.

"엄마, 이거 크고 예쁘지? 요즘은 이런 것으로 꾸며 줘야 해. 눈에 확 띄는 거. 그래야 사진 찍었을 때 선명하게 나오거든."

은종은 흔들어도 맑은 소리는커녕 둔탁한 울림조차 없었다.

"무슨 종이 소리도 안 나? 아무리 모형이지만 그래도 종인데.

그러지 말고 우리 이 유리 종 사자, 응? 엄마는 이 소리 좋다."

엄마가 말했다. 수리가 강하게 도리질 쳤다.

"크리스마스트리 장식할 건데 소리가 뭐가 중요해. 유리 종은 너무 작아. 장식하나 마나야. 제대로 찍히지도 않을 거고. 그냥 내 말대로 이거 사자, 엄마."

수리의 말에 못 이기겠다는 듯 엄마가 어깨를 으쓱했다. 그깟 종 하나가 뭐라고 온 영혼에 힘이 다 빠지는지 모르겠다. 아이처럼 좋아하는 수리를 보자 씁쓸한 기분이 들었다.

"어떻게 골라도 꼭 자기 닮은 것만……."

목소리가 힘없이 허공에 풀어졌다. 문득 나를 닮은 것이 무엇일까 생각해 보았다.

커다란 날개를 가진 독수리? 독수리가 하늘의 제왕이라는 소리는 인간이 지어낸 말이다. 야무지고 똑똑하다는 칭찬이 외부에서 들려왔던 것처럼.

한숨을 쉬며 돌아서는데 등 뒤의 누군가와 부딪쳤다. 고개를 드니 후드를 깊게 눌러쓴 선령이 보였다.

"크리스마스잖아. 트리 장식하러 안 가?"

왜 육체를 따라가지 않느냐는 질문이었다. 입에서 바람 빠지는 소리가 새어 나왔다.

"선령 씨 말이 맞았어요."

"……."

"나는 누구보다 나를 잘 안다고 생각했는데, 전혀 아니었나 봐요."

열심히 살아왔다. 부지런히 노력했고 모든 일에 최선을 다했다. 기뻤던 적도 많았다. 어깨에 힘이 들어가기도 했고, 부러움을 사거나 시기 어린 시선을 받아 보기도 했다. 하지만 오래가지 않았다. 모든 것이 신기루처럼 느껴졌다. 낭떠러지 끝에 선 기분이었다. 조금만 발을 헛디디면 끝없이 추락할 것 같았다. 여섯 살의 나는 산타 할아버지의 실수도 이해하던 관대한 꼬마였다. 그 넓었던 마음이 시간이 지날수록 좁아져만 갔다. 잘못 세탁한 스웨터처럼 쪼그라든 가슴은 영혼조차 담아 둘 수 없을 정도로 비좁아졌다. 그럴 수도 있다며 고개를 끄덕이던 내가 '절대 그래선 안 돼.' 하고 스스로를 다그쳤다. 대체 뭐가 안 되는지도 모른 채, 무엇이 잘못됐는지도 잊은 채 나 자신을 의심하고 믿지 못했다.

"사실 자신을 아는 인간은 드물어."

선령이 마천루에 설치된 전광판을 바라보았다. 네모난 화면 속에는 스마트폰 광고가 번쩍였다. '한 걸음의 진화, 또 한 번의 디지털 혁명.' 식상하고 진부한 카피가 흘러나왔다.

선령이 그 불빛들을 보며 호기심 많은 고양이처럼 고개를 갸웃거렸다.

"인간들은 참 이상해."

보랏빛 눈동자가 네온사인 아래 반짝였다.

"점점 더 똑똑해지고 기술은 발전하는데 그럴수록 영혼을 잃어버리는 사람은 늘어나거든. 머리가 똑똑한 것과 영혼이 단단해지는 건 상관관계가 없는 모양이야."

상관관계라는 말, 너무 많이 들어 왔다. 둘 중에 하나가 변화하면 나머지도 변화하는 관계. 지금껏 나를 성장시키리라 믿었던 것들이 정작 나와는 아무 관련이 없었다는 뜻일까? 나를 진짜 변화시킬 수 있는 세상과의 관계 맺음. 그것은 생각처럼 쉬운 일이 아니었다. 그리고 누구도 그 정확한 방법을 알 수 없다. 학원이나 인터넷 강의처럼 명확한 해답을 주는 곳이 없으니까. 어쩌면 정답이 없는 문제인지도 모르겠다. 각자의 생김새만큼이나 다양한 영혼이 있을 테고, 그들에게 진짜 필요한 관계 맺음도 모두 다를 테니까. 세상에 답은 수십 수백 개가 존재하겠지.

"이제 어떡할 거야?"

선령이 물었다. 나는 싱거운 미소를 내비쳤다.

"오늘은 크리스마스이브잖아요. 나도 이날을 즐겨야 하지 않을까요? 한수리의 영혼으로 즐길 수 있는 마지막 크리스마스일지도 모르니까."

"또 모르지, 오늘 밤 한수리의 영혼에게 산타가 선물을 줄지 말이야."

선령이 한쪽 눈을 찡긋해 보였다. 만약 산타가 존재한다면 어떤 소원을 빌까? 육체를 돌려 달라고 할까? 뒤바뀐 크리스마스 선물처럼 만약 내가 한수리의 영혼이 아니라면 어떡하지. 오래전 한수리의 영혼은 적어도 지금보다 훨씬 단단했을 텐데.

"그럼 어쨌든 행복한 크리스마스를 즐기도록."

"……60점이랑 90점, 어떤 점수가 더 높아요?"

나도 모르게 소리쳤다. 선령이 얼굴에 물음표를 그려 넣었다. 물론 알고 있다. 너무 생뚱맞은 질문이라는 것을.

"6과 9의 차이를 묻는 건 아니겠지?"

아니, 바로 그 차이를 묻고 있다. 지금껏 정답이라 믿었던 것들이 사실은 오답일 수도 있으니까. 적어도 나에게는 말이다.

"왜요? 내 영혼에 주파수 안 맞춰요?"

선령이 희미한 미소를 남겼다. 이미 내 마음에 주파수를 맞췄다는 의미였다.

"답을 알면서 뭘 물어봐."

선령이 뒤돌아 인파 속으로 사라졌다. 나는 한참 동안 멀어지는 뒷모습을 바라보았다. 내 생애 가장 길고도 짧은, 그리고 생각이 많았던 일주일이었다.

먼 곳에서 불어온 바람이 사람들의 머리카락을 스치고 지나갔다. 잔뜩 옹송그리며 걷는 모습을 보니 날씨가 제법 추운 모양이었다. 그럼에도 사람들은 웃고 있다. 모두 행복한 마음으로 저마다의 영혼을 단단하게 붙잡기를 바란다.

나는 멀리 보이는 크리스마스트리를 향해 천천히 걸음을 옮겼다.

어릴 적부터 책을 좋아했다. 덕분에 받아쓰기만큼은 자신 있었다. 정확히 언제인지는 기억나지 않지만 아마 초등학교 1학년 때 즈음이지 싶다. 다른 건 희미해도 그날 내가 틀렸던 단어는 지금도 또렷했다. 4번 문제가 도레미 송, 5번 문제가 모래주머니였다. 순간 모래의 모음이 'ㅔ'인지 'ㅐ'인지 헷갈렸다. 나는 당당히 '모레주머니'라 썼다. 결과는 90점. 받아쓰기에서 처음 받은 점수였다. 100점으로 쌓아 올린 성이 와르르 무너져 내렸다.

채점한 공책을 나눠 주며 선생님이 말했다.

"수리가 쓴 모레는 내일모레 할 때 그 모레야."

귓불까지 홧홧해진 기분이었다. 나는 탁 공책을 덮어 버렸다. 스스로에게 화가 나 견딜 수가 없었다. '수리 또 100점이네.' 선생님의 칭찬을 듣고 싶었는데, 바보같이 모래와 모레를 헷갈리다니. 어려운 단어도 아니었다. 잠시 방심했고 너무 간단하게 생각했다. 당장 머리라도 한 대 쥐어박고 싶었다. 두 번 다시는 잊지 않으리라 다짐했다. 모래주머니, 모래주머니, 머릿속에 뾰족한 정으로 깊게 새겨 넣었다.

"모레주머니? 진짜 그런 주머니 있었으면 좋겠다. 그 주머니에서 모레를 꺼내서 오늘 써 버리는 거야. 내일모레 할 만화도 오늘 보고, 모레 생일이면 오늘 미리 선물 받고, 그치?"

짝이 히죽 웃었다. 슬쩍 훔쳐본 공책에는 60이라고 적혀 있었다. 바보 같다 생각했다. 말도 안 되는 소리였다. 60점을 받고도 웃을 수 있구나. 나는 고개를 절레절레 흔들었다.

　이유는 알 수 없지만 갑자기 그 아이가 떠올랐다. 내 받아쓰기 공책을 보며 히죽 웃던 얼굴이 아른거렸다. 모레의 시간을 가져다 오늘 쓰고 싶다는 엉뚱한 상상력을 지닌 아이. 어쩌면 그 아이는 지금쯤 자유롭게 비상하고 있을지도 몰랐다. 자신의 날개가 어떤 모양이고 얼마나 큰지 전혀 상관없이 말이다. 누군가에게는 모래의 모음이 'ㅐ'인지 'ㅔ'인지 전혀 중요치 않을 것이다. 모래를 꾹꾹 머릿속에 새겨 넣지 않아도 괜찮다 믿고, 세상에는 그보다 더 중요한 것들이 많다는 사실을 알고 있으니까. 이런 생각이 들자 선인장 가시를 삼킨 듯 목울대가 따끔거렸다.

　수리는 평소보다 일찍 잠자리에 들었다. 아직 감기 기운이 남아 있는 듯 피곤한 모습이었다. 나는 침대에 걸터앉아 잠든 수리를 내려다보았다. 인간은 실시간으로 자신의 뒷모습을 볼 수 없다. 자는 모습을 보는 것도 불가능하다. 스스로의 것임에도 보지 못하는 게 너무 많았다. 깊은 심연 속, 마음도 마찬가지다. 제 것이지만 스스로도 어쩔 수 없다. 때로는 방치하고 모른 척한다.

　"날개 크기가 뭐가 중요하겠어. 자유롭게 비행할 수 있으면 그만이지."

　나는 한 번도 힘껏 날아 본 적 없었다. 내 날개가 조금 더 크게 자라면 그때 날아오르리라 생각했다. 결국 제대로 된 날갯짓조차

해 본 적 없었다. 활짝 펼쳤을 때, 내 날개가 기대보다 작고 초라할까, 비웃음을 당할까 두려웠다.

'세상에는 그런 사람들이 있나 봐. 스스로를 사랑하는 게 어렵고 힘든······.'

그게 바로 나였다. 그 사실을 너무 늦게 깨달았다. 아니 애써 모른 척했다.

"네 날개를 끝까지 인정 안 한 건 결국 나였네. 미안하다, 한수리."

영혼인 나와, 수리를 가로막은 건 결코 결계가 아니다. 바로 타인의 시선이었다. 이미 오래전부터 그것들이 쌓이고 쌓여, 저렇듯 두꺼운 벽을 만든 것이다.

수리에게 다가갈 수 없게 되어서야 그 소중함을 알게 되다니. 육체로 남은 저 아이에게 너무 미안했다.

"나 너무 바보였다. 너 정말 괜찮은 아인데."

이제 내일이면 선령을 따라 저승으로 가야 한다. 두 번 다시 이 세계로 돌아올 수 없다. 결국 내 손으로 나를 놓아 버렸다. 마지막까지 되찾지 못했다. 나는 온전한 내가 아니었다. 나와 나 사이에는 명백한 벽이 존재했다.


거실로 나오자, 수리가 장식한 트리가 불빛을 깜빡이고 있었다. 불 꺼진 거실에 홀로 남은 트리가 문득 내 모습 같았다. 정성 들여

예쁘게 꾸몄지만 정작 트리의 주인은 오래전에 사라지고 관심조차 보이지 않았다. 어쩌면 내 주변인들 모두 이와 같지 않을까. 내가 어떤 성과를 내고 결과를 내밀어도 관심은 오래가지 않았다. 잘했네. 축하해. 몇 마디 칭찬이 전부였다. 그러고는 서둘러 각자 관심의 문을 닫아 버렸다. 반대의 경우도 마찬가지였다. 내 실수와 실패 역시 그들에겐 찰나의 호기심 그 이상도 이하도 아니었다. 사람들은 대체로 타인의 일에 무심한 법이니까. 그러니 그 짧은 관심을 위해 전전긍긍할 필요가 없었다. 진짜 마음의 문을 두드려야 할 상대는 따로 있었다.

나는 트리에 장식된 은종을 건드려 보았다. 내 손은 홀로그램처럼 종을 통과해 버렸다. 그 대신, 거실 가득 엄마의 목소리가 울려 퍼졌다.

'무슨 종이 소리도 안 나? 아무리 모형이지만 그래도 종인데. 그러지 말고 우리 이 유리 종 사자, 응? 엄마는 이 소리 좋다.'

"너는 뭐 하고 싶어?"

나는 은종을 바라보며 중얼거렸다. 소리를 내지 못하는 종에 육체가 없는 내 모습은 비치지 않았다. 하지만 분명 내가, 한수리의 영혼이 존재했다. 깊게 숨을 들이마신 후 천천히 내뱉었다.

"아무것도 안 하고 싶어."

처음으로 나에게 모든 마음을 모은 대답이었다. 어쩌면 이 시간이야말로 꼭 필요한 순간이었는지 모른다. 많이 늦은 감이 있지만 비로소 마음이 편안해졌다.

내년에는 작고 초라해도 맑은 소리를 간직한 유리 종이 걸리기를 빈다. 수리의 가슴속에도 자신만의 맑은 종소리가 울려 퍼지기를. 가끔은 아무것도 안 해도 괜찮고, 틀려도 잘못이 아니라는 사실을 알아 주기를.

다시 종으로 향하던 투명한 손이 힘을 잃고 떨어졌다. 이상하게 방을 빠져나온 순간부터 자꾸만 졸음이 밀려들었다. 남들에게는 보이지 않는 투명한 영혼 주제에 왜 이리 온몸이 가라앉을까?

흐릿하게 검은 후드를 눈 밑까지 눌러쓴 그림자가 보였다.

"아직 25일 아닌데요. 벌써 데려가려고……."

말이 채 끝나기도 전에 풀썩 무릎이 꺾였다. 쓰러진 나를 안아 준 건 창백한 얼굴의 선령이었다. 얼음처럼 차갑고 싸늘할 줄 알았는데 선령의 품은 따뜻했다.

"나 이제 저승 가요?"

일주일 동안의 피로가 한꺼번에 몰려드는 기분이었다. 아무리 정신을 차리려 해도 눈이 떠지지 않았다. 나는 깊고 무거운 잠의 늪으로 천천히 가라앉기 시작했다.

"언젠가는."

익숙한 선령의 목소리가 귓가에서 서서히 멀어져 갔다.

# 제8장 마지막 선물

아파트 놀이터에 앉아 있었다. 창문 밖으로 하얗게 빛이 새어 나왔다. 우리 집이다. 육체는 지금 뭘 하고 있을까. 아빠와 엄마 는? 아직 잠을 자기엔 이른 시간인데…….

"직접 가 보면 되잖아."

더 이상 놀랄 기운도 없었다. 나는 벤치에서 일어나 그대로 걸 음을 옮겼다.

"크리스마스는 가족과 함께."

몸을 돌려세우자 어둠 속에서 눈동자가 반짝였다. 보라색 꼬마 전구 같았다.

"마지막 인사는 할 수 있어요?"

"무슨 인사를 하고 싶은데, 불효자는 영혼이 되어 먼저 가오 니……."

"엄마 아빠 말고요."

웅변가처럼 두 손을 올리던 선령이 말했다.

"그럼 누구?"

엄마 아빠를 제외하면 집 안에 누가 남는데. 다 알고 있으면서 매번 저렇게 물어보는 이유가 궁금하다.

"누구겠어요?"

"무슨 인사를 하려고?"

잘 모르겠다. 다른 누구도 아닌 나와 나누는 마지막 인사라니. 잘 있으라고 할까? 그동안 고마웠다고? 고생했어. 많이 힘들었지? 나 없어도 잘 지내. 앞으로는 지금보다 더 편하게 살지도 몰라. 뭐 이런 말들을 전해야 할까? 생각할수록 우습다.

"음, 그렇단 말이지?"

선령이 턱을 쓰다듬으며 생각에 잠겼다.

"가자."

그가 바투 다가와 내 어깨에 팔을 휘감았다.

"어디요?"

"기차 타러."

"갑자기 이 시간에 무슨 기차를."

"크리스마스이브잖아. 우리도 놀러 가자고."

선령이 나를 끌고 간 곳은, 미끄럼틀 위였다. 잠깐만, 이 아래에 대체 뭐가 있는데.

"뭐든 다 갑자기 일어나는 거야. 너는 뭐 이렇게 영혼으로 남을 지 알았냐."

우리는 미끄럼틀을 타고 내려왔다. 아니, 나는 끌려 내려왔다. 땅에 처박힐 거라고 생각했는데, 눈을 떴을 땐 엉뚱한 기차 안이 었다. 승객은 단 한 명도 없는 텅 빈 열차가 덜컹거리며 달리고 있 었다.

"저승 가는 열차예요?"

"거기까지는 아직 레일이 안 깔렸어."

"그럼 이 기차는……."

"더 먼 곳으로 가지."

기차가 터널 안으로 진입했다. 세상이 암전되더니 갑자기 햇살 이 쏟아져 내렸다. 눈을 뜨자 질주하던 기차도, 터널도 모두 사라 져 버렸다. 밤은 낮으로 바뀌고, 앙상했던 나무에 짙푸른 녹음이 가득했다.

"인간들 진짜 경각심이 없어. 예전엔 이렇게 덥지 않았는데. 이 상 기후 이거 정말 문젠데?"

선령이 손끝으로 후드 티를 잡고는 너풀거렸다. 우리가 도착한 곳은 한여름이었다. 나는 천천히 주위를 둘러보았다.

"여기는……?"

"왜, 아는 곳이야?"

아는 곳이냐고? 너무 잘 알고 있어 영혼임에도 팔에 오스스 소름이 돋을 정도였다.

"그러니까 여긴 왜?"

선령이 쉿 소리를 내고는 턱으로 앞을 가리켰다.

"저 사람들도 혹시 알아?"

내 시선이 선령을 따라 아파트 입구로 향했다. 갑자가 턱 하고 숨이 막혔다.

선령이 가까이 다가와 쿡 옆구리를 찔렀다.

"야, 너 진짜 키만 자랐구나?"

커다란 손이 부스스 내 머리를 헝클어뜨렸다. 그런데 정말 아무 느낌도 나지 않았다. 이런 말 우습지만 나는 영혼까지 증발해 버린 기분이었다.

"우선 밥부터 먹고, 할머니가 맛있는 거 해 주신대. 할머니 집에 아이스크림도 있어. 우리 아들 좋아하는 포도 맛으로 준비해 놓으셨어요."

나는 반쯤 입을 벌린 채, 걸어오는 세 사람을 바라보았다.

"아들, 가서 엘리베이터 눌러. 완이는 왜? 또 다리 아파? 이리 와, 안아 줄게. 류야, 너는 뭐 해?"

엄마의 한마디에 아이가 달음박질쳤다. 엄마 손을 잡고 할머니 집에 놀러 왔던 여름. 벌써 십 년도 더 지난 일이었다. 아파트로 뛰어가는 일곱 살의 꼬마는, 어릴 적 나였다.

"고 녀석, 진짜 성깔 있게 생겼다. 그치?"

선령이 히죽 웃었다. 그런데 나는 전혀 웃을 기분이 아니다.

"엄마, 눌렀어!"

어린 류가 소리쳤다. 엄마가 완이를 등에 업고 빠르게 걸음을 놀렸다. 그제야 알게 되었다. 내가 타고 온 기차의 목적지가 어디인지, 그 터널이 무엇을 의미하는지를…….

다섯 살 아들을 업고 일곱 살 아들을 앞세운 채 엄마는 초인종을 눌렀다. 벌컥 현관문이 열리고 익숙한 얼굴이 나타났다.

"아이고, 내 새끼들 왔어?"

할머니가 완이를 받아 안으며 소리쳤다. 엄마가 거실에 올라 가방을 내려놓았다. 저 안에 무엇이 들어 있는지 알 것 같았다. 완이의 여벌 옷과 빨대 컵, 모형 블록과 장난감, 해열제와 각종 약봉지가 한가득이겠지. 그 커다란 가방은 엄마의 삶의 무게였다. 그러나 그 무게가 사라진 지금, 엄마는 조금도 가벼워 보이지 않았다. 더 깊은 늪으로 가라앉아 버렸다.

"무슨 냄새가 이리 좋아. 엄마, 더운데 또 뭘 했어?"

"아무것도 안 했어. 인삼 넣고 토종닭 한 마리 푹 삶았다."

나는 가만히 할머니를 바라보았다. 완이의 죽음 앞에 끝끝내 눈물을 보이지 않던 분.

'다 내 죄고 업이다. 어린것 앞세운 할미가 무슨 염치로 눈물을 흘려.'

모든 것이 자신의 잘못이고 죄라 말하던 할머니는 쓰러진 엄마

입에 기어코 미음을 떠 넣었다.

"이게 어떻게 된 거예요."

내가 물었다.

"왜, 내 크리스마스 선물이 마음에 안 들어?"

선령이 손가락으로 브이를 그렸다.

"야, 그런데 저 꼬맹이 어쩨 위태위태하다."

선령의 시선이 주방으로 향했다. 그곳에는 냉동실에서 몰래 아이스크림을 꺼내는 일곱 살의 내가 있었다.

"은류. 아이스크림은 밥 먹고 준다고 했지. 빨리 도로 넣어 놔."

"싫어. 지금 먹을 거야."

"또 말 안 듣는다."

엄마가 단호한 목소리로 말했다. 류가 아이스크림을 내던지고는 완이를 밀어 넘어뜨렸다.

"그런데 저 녀석이."

주방에서 울음이 터져 나왔다. 엄마에게 혼난 류도, 형에게 떠밀린 완이도 서러운 울음을 터뜨렸다. 결국 할머니가 완이를 품에 안고 류의 손에 새 아이스크림을 쥐여 준 후에야 두 형제의 울음은 잦아들었다.

"더워서 먹겠다는데 너는."

"류가 먹으면 완이도 먹는다고 떼쓴단 말이야. 완이는 찬 거 안돼."

엄마가 이마에 손을 얹으며 한숨을 내쉬었다. 어린 류가 기어이 아이스크림을 베어 물었다.

아무것도 안 했다는 말과 달리 음식은 끊임없이 쏟아져 나왔다. 엄마 옆은 언제나처럼 완이 차지였다. 어린 류는 할머니와 나란히 앉았다. 두 어른들이 도란도란 이야기를 시작했다. 누가 결혼을 했고 누구는 식당을 열었으며 또 다른 누군가는 타지로 이사를 갔다 했다.

"옛날에는 나무 그늘만 가도 시원했는데 갈수록 더워진다."

할머니가 맨손으로 김이 펄펄 나는 닭을 뜯었다. 엄마의 앞접시에 큼지막한 닭 다리가 놓였다. 엄마의 시선은 여전히 완이에게 향했다. 엄마는 녀석의 표정만으로도 모든 것을 꿰뚫었다. 밥을 원하는지 심심한지 배가 부른지 졸린지 귀신같이 눈치챘다. 접시 위 닭 다리가 식어 갔다. 어린 류가 장조림을 밥에 얹어 먹었다. 동그랑땡도 먹고 콩나물도 먹었다. 할머니는 그런 손주의 모습을 대견한 듯 바라보았다. 엄마가 고깃국물에 밥을 말아 완이 입에 넣어 주었다.

"어이구, 우리 류 잘 먹는 것 봐라. 그래, 많이 먹고 쑥쑥 커야지."

거친 손이 툭툭 엉덩이를 두드렸다. 어린 류가 입 안에 밥을 욱여넣었다.

"그래도 형이 이렇게 건강해서 얼마나 다행이냐. 우리 류가 진짜 효자……."

"엄마 또 그런다."

버럭 소리가 들려왔다. 웬만해서는 화를 내지 않는 엄마였다. 류가 꿀꺽 밥을 삼켰다. 제대로 씹지도 않은 밥알들이 작은 목울대를 움직였다.

"무슨 말이 그래? 류가 효자면 완이는 불효자야? 제발 그런 식으로 말하지 말라 했지. 우리 완이도 효자야. 나랑 은 서방 완이 덕분에 얼마나 자주 웃는데. 우리 완이 천사야."

엄마가 소리 나게 숟가락을 내려놓았다. 할머니의 주름이 조금 더 깊어졌다.

"알았어, 이것아. 누가 뭐래? 완이 내가 챙길 테니까 너도 어서 좀 먹어."

"자꾸 그러면 나 안 와?"

"하여간 못된 성질머리하고는."

엄마가 못 이기는 척 닭 다리 살을 발라 류의 밥 위에 올려놓았다. 할머니가 찰싹 엄마의 손등을 때렸다.

"너나 먹어, 제발. 류는 알아서 잘 먹고 있잖아."

할머니의 주름진 시선이 완이 얼굴에 머물렀다. 녀석의 입가에는 밥풀이 묻어 있었다.

"하여간 한 달 사이에 얼굴이 반쪽이 됐어."

완이 입가를 닦아 주며 할머니가 중얼거렸다.

"진짜? 완이 살 빠진 것 같아? 좀 그래 보이지? 요 며칠 설사기가 있었거든. 괜찮아진 것 같아서 안심했는데 그사이 살이 빠졌나? 지금도 몸무게가 너무 안 나가서 걱정인…….."

"이것아, 누가 완이 말했어. 너 말이야, 너. 거울은 보고 다니니? 얼굴이 그게 뭐야. 지난번에 은 서방도 까칠하니 뼈밖에 없던데. 날씨 더워서 더 힘들 거 아니야. 한약이라도 한 제 달여서 먹이면…….."

"됐어. 한약은 무슨. 그 사람 한약 싫어하는 거 알잖아."

어린 류가 물끄러미 밥 위에 놓인 닭고기를 내려다보았다. 할머니가 엄마 먹으라고 준 고기였다. 내가 먹어도 될지, 그랬다가는 할머니가 속상해할지, 적잖이 고민 중일 것이다.

"오늘 자고 가. 저녁에 갈비 구워 줄게."

할머니가 말했다.

"그러려고 짐 바리바리 싸 왔잖아."

엄마가 지친 표정으로 웃었다.

"오늘 류랑 완이 내가 데리고 잘 테니까 너는 작은 방에서 혼자 자."

"완이 나 없으면 못 자. 은 서방하고도 안 자려고 하는데."

"너희도 어릴 때 잠투정 심했어. 그래도 내가 다 다독이며 잘 재웠어. 걱정하지 마."

"안 돼. 잠자리까지 바뀌었는데 나마저 없으면 완이 진짜…….."

이번에 숟가락을 내려놓은 건 할머니였다.

"단 하루라도 편하게 자라고, 제발. 너랑 안 자면 당장에 네 아들 어떻게 돼?"

할머니의 주름진 입술이 가늘게 떨렸다.

"너만 자식 있어? 나도 자식 있어. 너도 네 아들 보면 가엾고 애처롭지? 나도 내 딸 보면 불쌍해서 가슴이 찢어져, 이것아. 네 아들 귀한 것만 알고 왜 내 딸 귀한 건 모르는데?"

할머니가 자리에서 일어나 벌컥 방문을 열어젖혔다. 어린 류가 가만히 숟가락을 내려놓았다. 역시 닭고기는 먹지 않으려는 모양이었다. 아무리 일곱 살이라도, 집안 분위기 정도는 쉽게 눈치챘겠지. 엄마가 묵묵히 고기를 먹었다. 완이가 방긋방긋 웃으며 숟가락으로 상을 내리쳤다. 평소라면 완이를 말렸을 엄마가 아무 말 없이 밥을 먹었다.

결국 거실에서 다 함께 자기로 했다. 칭얼거리던 완이도 이내 잠이 들었다. 어린 류가 불편한지 이불 위에서 뒤척였다. 할머니 집에는 장난감도 동화책도 없었다. 엄마의 가방은 완이 짐만으로도 가득했다. 첫째 짐까지 가져오기는 무리였을 것이다. 할머니가 머리를 쓰다듬어 주자 류의 두 눈이 스르르 감겼다.

"내가 오늘 너한테 긴히 할 말이 있어서 불렀다. 내가 몇 날 며칠 곰곰이 생각해 봤는데 말이다. 류 내년이면 학교 들어가지?"

"벌써 그렇게 됐네?"

엄마의 시선이 잠든 류에게로 향했다. 나는 뒤돌아 성큼성큼 벽을 향해 걸어갔다. 저 뒤가 어디인지, 무엇이 있는지 알 수 없지만, 적어도 여기보다는 나을 것 같았다.

"어디 가."

선령이 팔을 낚아채며 물었다.

"놔요. 아직 시간 남았잖아요. 그 전에는 내가 뭘 하든 상관 말아요."

"역시 내 눈은 정확해. 말했잖아. 저 꼬마 한 성깔 있게 생겼다고. 지금까지 소리치고 싶어서 어떻게 참았……."

"저 녀석 안 자요. 자는 척하는 거라고요. 그러니까……."

류 안 잔단 말이에요. 깨어 있어요. 그러니 제발 조용히 하세요. 당장 소리치고 싶었다. 할 수만 있다면 류의 두 귀를 막아 주고 싶었다.

'듣지 마. 저거 다 아무것도 아니니까 듣지 마.'

"그래서 말인데. 류는 내가 데리고 있는 게 좋을 것 같다. 입학하면 챙겨야 할 일이 오죽 많아? 숙제며 준비물이며 너 혼자 그걸 어떡하려고. 은 서방도 완이 고쳐 보겠다고 밤낮없이 일만 하는데, 두 녀석 뒤치다꺼리는 네 몫이잖아. 멀쩡한 아이 둘 키우기도 힘들어. 너 완이 하나만으로도 벅차. 엄마 말 들어. 류 당분간 내가 키울 테니까 주말마다 데려가는 걸로 하자."

내 시선이 이불을 꽉 움켜쥔 작은 주먹에 닿았다. 알고 있다. 저 녀석이 지금 무엇을 기다리고 있는지, 무슨 대답을 듣기를 원하는지 너무 잘 알고 있었다.

나는 고개 돌려 엄마를 보았다. 엄마의 입에서는 끝끝내 아무 말도 나오지 않았다.

"과거는 바뀌지 않아. 되돌릴 수 있으면 그건 과거라 말할 수 없어."

선령이 말했다. 가슴속에서 뜨거운 것이 치받쳐 올랐다. 바꿀 수 없지만 기억에는 남아 있었다. 아무리 지우려 해도, 선명하게 각인된 그 순간이 눈앞에서 선명하게 재생되었다.

"저 녀석 깨면 아무도 없을 거예요."

다음 날 아침, 곁에는 아무도 없었다. 엄마와 완이가 거짓말처럼 사라져 버렸다. 익숙한 칼질 소리에 주방으로 뛰어가자 할머니가 주름진 얼굴로 웃었다.

"류 일어났구나?"

갑자기 입에서 딸꾹질이 터져 나왔다. 태양이 무섭게 타오르던 7월의 여름날이었다. 한번 시작된 딸꾹질이 좀처럼 멈추지 않았다. 딸꾹거리던 소리가 가슴 아래서 울려 퍼졌다. 머리가 아플 정도로 오랫동안 들려왔다.

또다시 두 눈을 감았다. 주변을 맴돌던 소음이 차츰차츰 멀어져 갔다.

"왜 울지 않았지? 고작해야 일곱 살이었잖아."

선령의 목소리에 저절로 눈이 떠졌다. 어느 틈에 우리는 집으로 돌아와 있었다. 거실 양쪽으로 스탠드 조명이 서 있었다. 완이는 유독 어둠을 무서워했다. 거실에는 한밤에도 환하게 불을 밝혀 두었다. 이제 불을 꺼도 될 텐데 엄마는 여전히 밤마다 조명을 켰다.

창문에 깜빡이던 꼬마전구가 보이지 않았다. 엄마는 12월이면 크리스마스트리 대신 창가를 장식했다. 점점 더 쇠약해지는 완이가 자칫 걸려 넘어질 수도 있으니까. 거실에는 그 흔한 화분 하나 놓지 않았다. 선령이 길고 하얀 손가락으로 조명 갓을 건드렸다. 그림자로 반쯤 지워진 얼굴에 보랏빛 눈동자가 선명했다. 나는 곧 저 사냥꾼을 따라 저승으로 갈 것이다.

"그냥, 울면 안 될 것 같아서요."

내가 이 집에 있는 것도 오늘이 마지막이다. 아마 은류의 영혼이 사라져도 집안 분위기는 바뀌지 않겠지. 엄마의 웃음은 언제쯤 돌아오려나.

나는 뒤돌아 불 꺼진 주방을 바라보았다. 유리병은 깨지고 장미도 없어졌다. 육체로 남은 류는 뭐라 대답했을까. 다시는 안 그러겠다, 약속을 했겠지.

"아니, 네 육체는 잘못했다는 말도, 두 번 다시 안 그러겠다는 약속도 안 했어. 네 육체는 그냥 침묵했어."

류가 침묵했다는 사실이 믿어지지 않았다. 엄마에게 아무 말도 안 했다고? 누가, 내가? 놀라 두 눈을 크게 뜨는데 선령이 가까이

다가왔다. 전등 빛에 물든 얼굴이 괴괴하게 일렁였다.

"네가 아니라 네 육체가 그런 거야. 다소 혼란스러워하긴 했어. 일상생활이야 그럭저럭 평상시처럼 행동했는데 유독 네 어머니 앞에서만은 확실하게 다른 모습을 보여 줬어."

이것이 수리가 말한 육체의 변화일까?

"그게 다예요? 다른 변화는 없어요? 학교에서는 전이랑 똑같았는데."

선령이 짧은 한숨과 함께 말을 이었다.

"이봐, 지금 누구한테 뭘 묻는 거야. 나는 은류의 육체가 아니라고. 제 육체 일을 왜 애먼 나한테 묻나?"

두 손으로 거칠게 얼굴을 쓸어내렸다. 뭐가 뭔지 하나도 모르겠다. 머릿속이 뒤엉켜 금방이라도 터져 버릴 것만 같았다. 선령의 입가에 싸늘한 미소가 지나갔다.

"내일이면 나를 따라 저승으로 끌려갈 주제에. 왜, 네 육체가 어머니한테 반항이라도 했을까 봐? 화내고 짜증이라도 부렸을까 봐? 그게 겁이 나?"

"아니에요. 나는 단지……."

"그래서 울지 않은 거야? 아니, 울지 못한 건가? 울고 떼쓰면 엄마가 영원히 오지 않을까 봐 쉼 없이 딸꾹질을 하면서도 결국 울지 못했나?"

벌써 십 년 전 일이었다. 꼭꼭 봉인된 기억이었다. 두 번 다시 떠올리고 싶지 않았다. 왜 굳이 그곳으로 돌려보낸 것일까?

나는 꽉 두 주먹을 움켜쥐었다.

"엄마, 왔어요."

쏘듯이 내뱉자 선령이 고개를 끄덕였다.

"그래, 사흘 후에 왔지."

"나를 데리러 왔다고요."

"맞아, 너를 데리러 왔어."

"할머니가 아무리 부탁하고 만류해도 결국에는 나를……."

선령이 팔짱을 끼고 왼쪽으로 고개를 기울였다. 어디 더 해 보라는 듯이.

"그래서 문제 있나?"

"문제없다고요."

"그런데 왜 네 육체가 귀찮은 휴지 조각처럼 영혼을 집어던졌을까?"

"몰라, 내가 그걸 어떻게 알아!"

그가 진정하라는 듯 두 손바닥을 들어 보였다.

"이봐, 그렇게 성난 맹수처럼 으르렁거리지 마. 오늘은 크리스마스이브잖아. 세상에 사랑과 축복이 가득한 날이야. 누가 알겠어, 은류의 영혼도 선한 기쁨으로 충만해질지."

선령이 사는 저승은 어떤지 모르겠지만, 이 세상에서는 사람 마음이 그렇게 쉽게 바뀌지 않는다. 때문에 하루하루가 괴롭고 힘들고 또 외로운 것이다.

"그럼, 잘 바뀌지 않지. 아주 오랫동안 무슨 보물이라도 되는 양 끌어안고 있지. 진짜 경고하는데 욕 그만해. 그렇게 잘하는 욕 남들한테도 한번 육성으로 시원하게 내뱉어 보지?"

그가 내 마음의 주파수를 맞출 수 있어 참 다행이었다. 생각보다 아주 편리했다.

"남에게 육성으로 내뱉지 못할 욕은 너에게도 하지 마."

"걱정 말아요. 나는 한 번도 스스로에게 욕을 한 적이……."

"자책하지 말란 뜻이야."

보이지 않는 손이 훅 명치를 후려쳤다.

"내가 아무리 사냥꾼이지만 네 영혼을 멋대로 육체로 돌려보낼 수는 없어. 그럴 수 있다면 이 시끄럽고 요란스러운 인간 세상에 이토록 오랫동안……."

선령이 말을 멈추고 큼큼 목을 가다듬었다.

"뭐, 아무튼 그건 그 누구도 대신해 줄 수 없는 일이야. 아무도 너를 멋대로 재단하고 평가할 수 없는 것과 같아. 그럴 자격도, 권리도 없어. 그러니 괜한 망상에 시달리지 마."

날카로운 파열음이 떠올랐다. 접시가 깨지고 음식들이 날아갔다. 완이가 영원히 잠든 날, 사람들은 수군거렸다. 오히려 잘된 일이라고, 그만큼 했으면 됐다고. 그것이 무엇을 의미하는지 모르지 않았다. 가슴에 뾰족한 얼음 화살이 박힌 기분이었다. 내가 어떻게 그들의 말들을 이해할 수 있을까? 그들은 완이를 모르는데. 그렇게 말해서는 안 되는 것이다. 나는 완이의 하나밖에 없는 형이지 않은가. 귀를 틀어막아도 목소리는 점점 더 크게 들려왔다.

'너도 다행이라 여기잖아. 너무 늦었다고 생각했잖아. 벌써 십사 년이나 흘렀다고……'

선령이 천천히 고개를 내저었다.

"말했지. 그래 보이는 것과 진짜 그런 것은 다르다고. 너를 괴롭히는 것이 단순히 네 느낌인지 아니면 사실인지 그것부터 확인해."

완이가 죽었다. 이건 사실이었다. 나는 아직 살아 있다. 이것 역시 사실이었다. 그 외에 모든 것, 과연 이 지긋지긋한 편두통은 언제쯤 멈출까?

선령이 탁 손가락을 튕기자 허공에 유리병이 나타났다. 입구가 좁은 유리병 안에는 동그란 쇠구슬이 들어 있었다.

"저 구슬을 꺼내려면 어떻게 해야 하지?"

유리병 속 구슬은 동전보다 작았다.

"그래, 맞아. 그냥 병을 기울이면 돼."

허공에 떠 있던 병의 입구가 아래로 향했다. 또르르 바닥에 쇠구슬이 떨어졌다. 선령이 한 번 더 딱 손가락을 맞부딪치자 이번에는 유리병 속에 야구공만 한 쇠구슬이 나타났다.

"이건 어떻게 꺼내지?"

"크리스마스 마술 공연이에요?"

선령이 고개를 내저었다.

"삶은 절대 마술일 수 없어. 그러니까 마술을 신기해하는 거야."

마술이 아니라면 방법은 하나밖에 없었다. 쇠구슬이니 물을 넣어 부력을 이용할 수도 없다. 설령 공을 띄울 수 있다고 해도 입구는 턱없이 비좁다. 결국 방법은……

"맞아. 이 유리병을 깨는 수밖에 없지."

"……."

"한마디로 모든 것이 다 좋을 수 없다는 뜻이야. 너에게 필요한 건 저 쇠구슬을 꺼내는 거야. 그런데 너는 늘 유리병이 깨질까 봐 전전긍긍한다고."

'류는 내가 키울게.'

할머니의 한마디에 엄마는 침묵했다. 엄마를 잃는다는 공포가 모래 알갱이처럼 가슴에서 서걱거렸다. 엄마가 어느 날 사라진다면 그건 아픈 완이가 아닌 내 탓이라 생각했다.

"크리스마스이브도 끝나 가는군."

선령의 나직한 목소리가 멍한 정신을 깨웠다.

"마지막으로 인사하고 싶다며?"

'네?' 하고 되묻는 표정으로 고개를 돌렸다. 선령이 턱으로 가리킨 곳에 낯익은 얼굴이 있었다.

"엄마도 아빠도 아니잖아."

나는 걸음을 옮겨 우두커니 서 있는 아이에게로 다가갔다. 이제는 세상에서 사라진, 낡은 앨범과 벽에 걸린 액자에만 존재하는 아이.

"다 나 때문이야."

일곱 살의 은류가 또다시 내 앞에 있었다.

"내가 때렸어. 밀치고 넘어뜨리고 장난감을 빼앗아서……. 내가 완이처럼 젖병에 주스를 먹겠다고 떼를 썼기 때문이야."

"……."

"그래서 엄마가 나를……."

"아니야. 그런 게 아니야."

어린 은류가 그렁한 눈으로 도리질 쳤다.

"아니, 맞아. 나 때문이야."

"아니야."

"나 때문에 엄마는 울고, 아빠는 힘들고, 그리고……."

류가 매섭게 나를 노려보았다.

"완이가 죽었어."

"아니라고 했잖아. 네 탓이 절대 아니야."

작은 손가락이 찌르듯 내 심장을 가리켰다.

"네가 그랬잖아. 모든 게 나 때문이라고, 네가 매번 그렇게 말했잖아."

"……"

"네가 나를 아주 많이 미워하잖아."

나는 와락 류를 끌어안았다.

"아니야. 널 미워하지 않아. 절대로……"

적어도 나에게만은 상처 주면 안 되는데, 그 단순한 사실을 잊고 말았다.

"너 컸잖아. 그런데 아직도 무서워?"

그래, 무서웠다. 버림받을까 봐, 나 혼자 남겨질까 봐 두려웠다. 그래서 모든 것에 필사적이었다. 아무에게도 미움받지 않기 위해, 아픈 다리로 기어이 무리를 쫓아가는 새끼 사자처럼 버둥거렸다.

"은류?"

류가 품에서 벗어나 나를 올려다보았다.

"한 번쯤 물어보지 그랬어?"

왜 나를 두고 떠났고, 왜 혼자 두었냐는 질문을 했어야 했다. 그것들이 머리를 찌르는 두통이 될 때까지 바보처럼 침묵했다. 일곱 살이었다. 충분히 울고 떼를 써도 괜찮을 나이었다. 아무도 나를 비난할 수 없었다.

"그래서 나를 던져 버린 거야?"

이번에는 내가 물었다. 류는 아무 대답도 하지 않았다. 하지만 알 것 같았다. 육체가 영혼을 거부한 진짜 이유를. 더 이상 잘못했다는 말을 하고 싶지 않아서였다. 나는 나로 돌아오고 싶었던 것이다. 원래의 내 모습으로.

"너 말이야. 툭하면 미안하다 하고 잘못했다 했지."

일곱 살의 류가 암팡지게 노려보았다. 나는 고개를 끄덕였다. 모든 것이 내 탓 같았다. 완이의 병이 악화된 것도, 엄마가 슬퍼하는 것도, 아빠의 피곤한 모습도 모두 내 잘못처럼 느껴졌다. 내가 동생을 돌보지 못해서, 학교생활에 바빠서, 친구들과 너무 많이 어울려서라 생각했다.

완이는 자주 아팠고, 엄마는 어린 아들을 돌봤다. 아빠는 두 사람을 위해 밤낮없이 일했다. 내 자리가 어디인지 찾을 수 없었다. 세 사람의 교집합 속에 내가 비집고 들어갈 곳이 없었다. 가끔은 상상했다. 완이가 사라지면 그때는 내 자리가 존재할까? 그 상상은 나를 더욱더 외롭게 했다.

"은류 너에게 제일 먼저 미안하다고 사과했어야 했는데."

나는 허리를 숙여 일곱 살의 류와 마주했다. 오늘이 지나면, 나는 이 녀석과 영원히 헤어질 것이다. 선령의 말처럼 오직 지금이 류와 만나는 마지막 순간일 테니까.

"미안하다, 너를 너무 외롭게 해서."

어린 류가 빙그레 미소 지었다.

"그 아저씨 말이 맞았지?"

"그래."

나는 해결책을 알고 있었다. 다만 모른 척 등 뒤로 손을 감췄다.

은류가 작은 손가락을 튕기자 허공에 유리병이 나타났다. 그리고 이내 산산이 부서졌다. 커다란 쇠구슬이 툭 소리와 함께 바닥에 떨어졌다.

"열일곱 은류, 너는 정말 키만 컸어."

마음은 여전히 일곱 살에 갇혀 있다는 뜻일까. 맞다. 나는 전혀 자라지 않았다.

"있잖아. 나는 아직 되찾지 못한 게……."

"쉿."

어린 내가 조용히 하라는 눈빛을 남긴 채 뒤돌아 걸어갔다. 일곱 살 은류가 사라진 곳은 바로 육체가 있는 방이었다.

갑자기 두 다리에 힘이 풀렸다. 나는 풀썩 바닥에 주저앉았다. 고이지도 못한 눈물이 떨어져 손등을 적셨다. 영혼의 상태로도 울 수 있다니…….

"영혼이니까……. 영혼을 가지고 있으니까 울 수 있는 거야."

익숙한 목소리가 들려왔다. 나는 젖은 눈으로 선령을 올려다보았다.

"나 이제 떠나야 돼요?"

그가 어깨를 으쓱해 보였다.

"그걸 왜 나한테 물어봐."

이 말을 끝으로 선령은 자취를 감췄다. 그 답을 알고 있는 건, 오직 한 사람뿐이었다. 나는 자리에서 일어나 방을 향해 걸어갔다.

책상에 앉아 있는 사람은 열일곱 나의 육체였다. 굽은 어깨를 향해 손을 뻗은 순간, 보이지 않는 벽이 느껴졌다. 이것이 수리가 말한 결계일까? 나는 가만히 투명한 벽을 어루만졌다. 녀석의 굽은 등을 천천히 쓸어 주듯이.

미움받고 싶지 않았다. 모든 이들에게 강박처럼 '네'를 외쳤다. 유리 벽 안에 류를 가둬 놓은 사람은 바로 나 자신이었다.

"너는 천천히 와. 아주 천천히. 나중에 다시 만나면, 그땐 네 이야기 아주 잘 들어줄게."

자정이 지났다. 선령과 약속한 날이 되었다. 영혼인 내가 사라져도 은류는 남은 인생을 살아가겠지. 부디 편안해지기를. 이 간절함이 내가 나를 위해 준비한 처음이자 마지막 기도라니. 이럴 줄 알았다면 스스로를 더 많이 축복할 것을, 바보 같은 후회가 밀려들었다. 나는 류를 바라보다 뒤돌아 벽을 통과해 나왔다. 이렇게 내 영혼의 삶도 모두 끝났다.

## 선령의 두 번째 서

인간 세상에서는 콘크리트 틈새에서도 풀꽃이 자라납니다. 그 모습을 가만히 보고 있으면 가슴 밑바닥부터 서서히 온기가 차오릅니다. 신기하고 기특하다는 생각마저 듭니다. 척박할수록 강해지는 것이 바로 생명인가 봅니다. 벼랑 끝이 꼭 위험하지만은 않을 겁니다. 그곳에서만 볼 수 있는 절경이 펼쳐지기도 합니다. 넓고 깊고 아득한 것들이 한눈에 들어올 테니까요.

안타깝게도 염라께서 직접 수리와 류의 영혼을 볼 수 있는 기회는 이제 사라졌습니다. 누구보다 자존심이 강한 아이가 제 영혼을 잃어버렸었지요. 누구보다 순종적인 아이도 마찬가지였습니다. 두 아이 모두 겉으로는 아무 문제가 없었습니다. 문제는커녕 모든 것이 완벽에 가까웠죠. 하지만 너무 잘 벼린 칼날은 스치기만 해도 위험합니다. 두 영혼 모두 날카롭게 날이 서 있었습니다. 그것을 인정하고 받아들이기까지 다소 시간이 걸렸네요. 처음 보고드린 바와 같이 이래 안에는 조금 힘들지 않을까 생각했습니다. 결계가 워낙 두껍고 탄탄했으니까요. 그런데 생각해 보니 그 결계를 만든 장본인 역시 두 영혼이지 않습니까. 마음만 먹으면 얼마나 단단하든 손쉽게 깨어 버릴 수 있지요. 이 역시 인간들의 힘이라는 생각이 듭니다. 스스로가 만든 벽 앞에서 좌절하다 또 여봐란듯이 뛰어넘지 않습니까.

수리는 꼭 움켜쥔 것들을 하나둘 내려놓기 시작했습니다. 덕분에 더 큰 것들을 품을 수 있는 여유를 얻게 되었습니다. 류는 꼭 닫혀 있던 마음의 문을 열었습니다. 타인이 아닌 본인을 향해서 말이죠. 아무것도 안 해도 되니, 불안해하지 마라. 싫다고 해도 되니, 두려워하지 마라. 결국 스스로가 가장 원했던 대답을 찾아냈습니다. 물론 이 모든 것들이 완벽한 결과는 아닙니다. 전에도 말씀드렸듯 아직 아무것도 장담할 수 없습니다. 이 영혼들이 또다시 제 모습을 잃어버릴지는 저도 모릅니다. 그저 오랜 시간이 흐른 후 사령이 되기까지 선령과의 재회는 다시 없기를 바랍니다.

한 가지 청이 있습니다. 육체를 찾은 영혼은 모든 기억이 사라진다는 사실을 잘 알고 있습니다. 하지만 잠깐의 만남 정도는 괜찮지 않을까요? 스치듯 아주 가볍게 말이죠. 마지막 동행을 허락해 주시길 바랍니다. 생각보다 이 괴짜 영혼들과 미운 정이 많이 들었습니다. 인간들이 말하는 미운 정이란 한마디로 정의하기가 참 어렵습니다. 그건 경험하지 않고는 절대 알 수 없으니까요. 보고드린 대로 인간이란 참 오묘하고 신비한 존재들입니다. 함께하면 정말 다양한 감정들이 생겨납니다. 그건 어쩌면 인간들도 마찬가지일 겁니다. 타인을 통해 스스로를 들여다보는 경우가 많으니까요. 두 아이가 그렇지 않았습니까?

왜 저를 영혼 사냥꾼이라 했는지 이제야 알 것 같습니다. 한 번이라도 호랑이에게 쫓겨 본 사슴은 압니다. 자신이 얼마만큼 빨리 달릴 수 있는지, 가는 다리에서 얼마나 강한 힘이 솟구쳐 나오는지를. 때로는 위기가 그 사람의 참모습을 보여 주니까요.

꽤 피곤하지만, 그만큼 뜻깊었던 만남이었습니다. 그 사이 인간들의 거친 언어를 제법 배웠습니다. 혹여 궁금하시다면 직접 들려드리겠습니다. 마지막 만남 후 돌아가겠습니다. 두 영혼의 보고서는 이만 끝내겠습니다.

여전히 인간 세상에서

선령 올림

# 되돌아간 시간

쨍그랑 소리와 함께 바닥에 동전이 떨어졌다.

"저기요, 이거……."

남자가 걸음을 멈추고 반쯤 고개를 돌렸다. 햇빛을 등지고 있어 얼굴은 보이지 않았다. 그러나 시선은 내 손에 놓인 동전을 보는 듯했다. 한 걸음 다가가자 붉은 입술을 말아 올리며 검은 후드가 돌아섰다. 저 남자의 것이 아닌가? 나는 손에 쥔 동전을 내려다보았다. 오백 원짜리 크기에 서로를 바라보는 두 아이가 새겨져 있었다. 외국 동전인 모양이었다. 고개를 들어 보니 검은 옷의 남자는 어느덧 시야에서 사라지고 없었다.

"뭘 멍하니 보고 있어?"

반장이 다가와 물었다. 방학 특강으로 같은 수학 학원을 다니는 중이다. 학기는 끝났지만 여전히 반장이라는 호칭이 입에 붙어 버렸다.

"이걸 주웠어. 주인이 없나 봐."

녀석이 기웃이 목을 빼 동전을 보았다.

"뭐야? 애들 장난감 같은데 그냥 버려."

장난감이라고 하기엔 제법 묵직했다. 진짜 은화인 듯 반짝거렸고 문양도 정교했다. 나는 주머니에 동전을 찔러 넣었다. 혹시 모르니까. 나에게 행운을 가져다줄지도…….

"추워 죽겠는데 왜 여기에 있어? 학원 1층에서 기다리라니까."

녀석이 발까지 동동거리며 몸을 떨었다. 밤새 펑펑 눈이 내렸다. 사람들이 종종걸음 치는 한파까지 몰려왔다. 단 하루 사이에 온 세상이 하얗게 얼어붙었다.

"그냥, 나무가 예뻐서."

앙상한 가지만 남았던 나무는 어느새 새하얀 눈꽃을 피워 냈다. 그 모습에 나도 모르게 발길을 옮겼다. 사진이라도 한 장 찍을까 했는데 그만 타이밍을 놓쳐 버렸다.

"학원은 방학 안 하나? 벌써 고2라고 엄청 겁준다."

녀석이 머리 위에 손을 얹으며 툴툴거렸다.

"은류, 너 대학이랑 학과 정했어?"

반장이 툭 내 옆구리를 찔렀다.

"진짜 문창과 갈 거야? 네 동아리 선배 중에 몇몇 예대 갔다며."

"예대는 뭐 아무나 가냐?"

내가 말했다. 녀석이 고개를 내저으며 쯧쯧 혀를 찼다.

"아니면 빨리 탈퇴해. 너 괜히 국어 쌤 눈치 보느라 거기 있는 거 다 알아."

그럴지도 모르겠다. 국어 선생님만 아니었다면 처음부터 시 동아리에 관심 두지 않았을 테니까.

"나 국어 쌤 때문에 거기 있는 거 아닌데."

"그럼?"

"시 좋잖아. 읽으면 나한테 친절해지는 기분이야."

그 순간 커다란 손이 턱 내 이마를 짚었다.

"열은 없는데. 너 진짜 어디 아프지?"

나는 가볍게 반장의 손을 쳐 냈다.

"세상에 안 아픈 사람도 있냐? 몸과 마음 둘 중에 하나는 꼭 아프더라."

나는 눈꽃을 피운 나무를 다시 바라보았다. 모두들 옹이진 가슴으로 추운 겨울을 견디는 게 아닐까? 그렇게 제 안에 나이테를 만들며 사는 것 같았다.

"너 혹시 기차 타고 터널 들어가 봤냐?"

내가 물었다. 이건 또 무슨 소리냐 하는 얼굴로 녀석이 미간을 구겼다. 사실 나도 잘 모르겠다. 갑자기 왜 터널과 기차를 얘기하는지…….

"안 들어가 본 사람도 있냐? 명절 때 엄마 아빠 운전하기 싫다고 무조건 기차 탄다."

"터널 들어가면 어때?"

반장이 다 포기했다는 듯 순순히 대답했다.

"깜깜하고 답답하기밖에 더해?"

그래서 사람들이 위기나 고통을 곧잘 터널에 비유하는 모양이다. 좁고 어둡고 답답하니까. 어떻게든 빠져나오고 싶겠지.

"그런데 어둡고 깜깜하니까 내가 더 잘 보이지 않냐?"

"뭐?"

"차창에 말이야. 선명하게 비치잖아."

"뭐라는 거야?"

무슨 소리를 하는지 나도 잘 모르겠다. 하지만 문득 그런 느낌이 들었다. 어떻게든 빠져나오고 싶은 그 암흑의 시간들이 어쩌면 나를 가장 확실하게 볼 수 있는 순간이 아닐까. 어둡고 답답한 터널을 지날 때 차창에 선명하게 비치는 얼굴처럼.

"은류, 너 요즘 왜 그래?"

나는 주춤 걸음을 멈췄다. 동시에 녀석의 두 다리도 멈춰 섰다.

"그래서 말인데. 나 대학이랑 학과 정했어."

"……."

"자연대학 돌멩이과."

"미친."

반장이 아연한 얼굴로 도리질 쳤다. 나는 어깨를 들썩이며 키득거렸다.

"그래, 어디 너희 엄마한테 그렇게 말해 봐라. 참 좋아하시겠다."

"당연하지. 아들이 원한다는데. 우리 엄마 엄청 좋아할걸?"

불어오는 바람 속에 봄기운처럼 따뜻한 목소리가 스며들었다.

'맞아, 그때 너 일곱 살이었어. 할머니 집에 남아 있었지. 완이가 칭얼거려서 깼는데, 배가 아프다고 하더니 혈변을 봤어. 며칠째 설사기가 있었잖아. 부랴부랴 짐 챙겨서 갔어. 병원에서 정밀 검사가 필요하다는 거야. 입원 수속 밟는 와중에도 완이가 계속 설사를 해서……'

왜 나만 할머니 집에 남았던 거야? 이 한마디가 뭐라고 참 오랫동안 가슴속에 담아 두고 살아왔다. 이제야 떠나보내다니 조금, 어쩌면 아주 많이 늦은 것 같았다.

"야, 쓸데없는 소리 말고. 영화 보러 가자."

영화? 되묻는 눈빛으로 반장을 보았다.

"내가 지난번에 예고편 보내 줬잖아. 그 영화 보러 가자고."

나는 꿀꺽 마른침을 삼키고는 가만히 호흡을 가다듬었다.

"영화는 좀……."

"왜? 오늘 바빠?"

녀석을 향해 애써 선웃음을 지었다.

"그 영화 내 취향이 아니야. 가 볼 데도 있고."

"해가 바뀌긴 바뀌었나 보다. 예스맨 입에서 '노'가 다 튀어나오고. 어디 가는데?"

"몰라."

"몰라? 비밀이라는 뜻이야? 너 요즘 되게 이상해."

나 역시 이런 스스로가 낯설고 생경하긴 했다. 이 역시 시간이 해결해 주리라 믿는다. 괜히 조급해할 필요는 없지 않을까.

"집에 갈 거야?"

내가 물었다.

"우선 소화제 좀 사 먹어야겠다. 점심 먹은 게 영 불편한데 누구 때문에 제대로 체했다."

녀석이 먼저 간다며 걸음을 옮겼다. 고민이라고는 개미 더듬이만큼도 없어 보이지만 또 모를 일이다. 반장 마음속에 무엇이 들어 있는지. 누군가의 진심을 들여다본다는 건 생각처럼 간단한 일이 아니다. 때로는 제 마음조차 볼 수 없는 사람도 많으니까. 멀어지는 뒷모습을 바라보다 나는 뒤를 돌아 오던 길을 되짚어갔다.

혹여 완이는 알고 있었을까. 허물어진 것들은 다시 쌓으면 된다는 사실을. 삶은 콘크리트 건물처럼 견고하지 못하다. 쉽게 흔들리고 작은 충격에도 휘청거리는 상자 탑과 같았다. 그렇기에 또다시 쌓아 올릴 수 있지 않을까? 오래전 완이가 그랬듯이 말이다.

'형아, 상자. 상자 줘.'

쌓아 올린 것이 무너질 때 오히려 박수를 치던 녀석이었다. 완이는 알고 있었다. 우리가 한 번쯤은 힘없이 무너져 내리리라는 사실을 말이다. 그래도 괜찮다고, 다시 쌓으면 된다고 속삭이는 목소리가 바람에 실려 귓가에 머물렀다. 이제 곧 시린 겨울이 끝날 것이다. 머지않아 새봄이 오겠지. 완이가 좋아하는 꽃들이 만발하기를, 엄마는 그 꽃들을 가슴에 담기를 바란다.

"한번 갈게."

그때는 새 블록을 가지고 완이를 찾아가야겠다. 나는 주머니 속 동전을 꺼내 보았다. 은빛 동그라미 속 서로를 마주한 두 아이가 겨울 햇살을 받아 반짝거렸다. 나는 힘 있게 동전을 튕겨 보았다. 팽그르르 허공으로 솟구치던 동그라미가 얌전히 손바닥으로 떨어졌다. 나는 동전을 손에 쥔 채 터벅터벅 정류장을 향해 걸음을 옮겼다.

*

열 살 정도 되어 보였다. 조금 더 많을지도 몰랐다. 아이가 교통카드 단말기에 카드를 찍더니 자리에 앉아 창밖을 보았다. 보호자는 없었다. 어디를 갈까? 문득 궁금한 생각이 들었다. 잔뜩 굳은 표정을 보아 혼자 버스를 타는 일이 처음이지 싶었다. 보는 내가 괜스레 불안했다.

잠시 핸드폰을 만지작거리던 아이가 이내 도리질 쳤다. 그리고는 다시 창밖으로 눈을 돌렸다. 앙다문 입술 끝에 설핏 긴장감이 느껴졌다. 핸드폰이 울린 건 버스가 다음 정류장에 막 진입하던 때였다. 아이가 긴 머리를 야무지게 귀 뒤로 넘기고는 손가락으로 화면을 그었다.

"지금 하늘꿈 아파트. 알아, 동민 보건소에서 내리면 되잖아. 할머니 만나면 전화할게. 응."

아이는 몇 번의 대답을 반복한 뒤 전화를 끊었다. 응. 알았어. 이 너머에 어떤 질문이 전해졌을지 조금은 알 것 같았다. 혼자 버스를 탄 아이가 걱정되었겠지. 불안하고 초조했을 것이다. 어쩌면 지금쯤 버스를 따라 자동차가 달리고 있는지도 모르겠다.

동민 보건소라면 앞으로 네 정거장 더 가야 했다. 아이에게 말해 줄까 하다 나 역시 도리질 쳤다. 몇 번을 더 가면 목적지가 나오는지 아이도 잘 세고 있을 테니까.

나는 꼬마 친구의 첫 여행을 응원하며 하차 벨을 눌렀다. 혼자 버스를 타고 무사히 목적지에 도착했을 때의 기쁨, 갑자기 어른이 된 것 같은 뿌듯함은 스스로를 향한 믿음에서 나오는 법이다. 기억나지 않지만 나에게도 그런 때가 있었다. 오백 밀리리터 우유를 챔피언 리그 우승컵처럼 품에 안고 함박웃음 짓던 그 시절, 처음으로 심부름에 성공한 내 모습을 아빠는 카메라에 담았다. 얼큰하게 취기가 오를 때면 습관처럼 그날의 긴장과 감동을 되풀이했다.

"혹시 딴 길로 샐까. 이상한 사람이 접근해 오지 않을까. 얼마나 걱정하고 불안했는데. 들키면 안 되니까 열심히 숨어서 엿봤지. 나중에는 손에 땀이 다 흥건하더라."

지금이야 웃으며 말하는 추억이지만 다섯 살 한수리에게는 그야말로 흥미진진하고 위험천만한 모험이었을 것이다.

버스가 서서히 정류장에 멈춰 섰다. 문이 열리고 나는 목적지에 도착했다. 이곳이 진짜 내가 원하는 곳인지 알 수 없지만 말이다.

횡단보도를 건너자 멀리 눈에 익은 이정표가 보였다. 오며 가며 버스에서 자주 봤는데 직접 찾아온 적은 처음이었다. 칼바람이 불어와 두 귀가 꽁꽁 얼었다. 나는 공원을 향해 천천히 발걸음을 옮겼다.

동살 공원이라 이름 지어, 동쪽을 뜻하는 한자쯤으로 생각했다. 그러나 공원 입구 푯말에 적혀 있는 뜻은 내 예상을 여봐란듯이 비웃고 있었다.

동살은 순우리말로 새벽에 동이 트면서 환하게 빛나는 햇살을 뜻했다. 해가 떠오르면 공원을 제일 먼저 비춰 주기 때문일까? 동살이라는 뜻만큼이나 어감도 포근포근하고 따뜻했다.

"어쩐지 자꾸만 이곳에 오고 싶더라니. 뭔가 좋은 기운을 받을 것 같은데?"

웃으며 몸을 돌리는데 눈앞에 까만 무언가가 나타났다. 깜짝 놀랐을 때 이미 한발 늦어 버렸다. 나는 검은 그림자와 정면으로 부딪쳤다.

"죄송합니다."

꾸벅 고개를 숙이는데 찢어진 낡은 청바지가 보였다. 눈을 들자 검은 후드를 눈썹 밑까지 내려 쓴 남자가 보였다. 후드 아래로 보이는 피부가 하얗다 못해 창백했다.

"조심……해야죠."

냉기 서린 음성이 귓가를 파고들었다. 남자가 다시 걸음을 옮기고 나는 뒤를 돌아보았다. 까만 뒷모습이 유유히 나무 사이로 멀어지고 있었다. 나는 몸을 돌려 사각사각 눈길을 밟아 나갔다.

"오늘 한파야. 추운데 어디가?"

엄마의 질문에 애매하게 웃었다. 아침부터 기분이 이상했다. 초조함인지 기대인지 모를 감정들이 제멋대로 마음을 휘저었다. 나는 목적지도 모른 채 무작정 현관을 벗어났다.

한 달 전 버스 사고가 있었다. 해가 바뀌었으니 작년이라 해야겠다. 사실 사고라는 표현은 우스웠다. 손가락 하나 다친 곳 없으니까. 그럼에도 내가 깨어난 곳은 병원 응급실이었다.

그 사고 때문이었을까? 한동안 죽음이 머리에서 떠나지 않았다. 죽음이 생각보다 내 삶 가까이 있다는 사실을 깨달았다. 허무하다거나 무서운 마음은 들지 않았다. 오히려 그 반대였다. 어깨를 짓누르던 무게가 조금은 가벼워진 기분이었다. 성글게 짠 대나무 소쿠리 위에 곡식들을 올리면 큰 알맹이들만 남고 나머지는 모두 빠져나간다. 삶에도 소쿠리가 있었으면 좋겠다고 생각했다. 가장 중요한 것들만 남고 나머지는 사라져 버리면 어떨까? 그럼 쓸데없는 걱정도, 밤잠 설치게 만드는 불안도 모두 빠져나가 버리지 않을까.

숨을 쉴 때마다 하얗게 입김이 머물다 사라졌다. 나는 한 번 더 허공을 향해 후 하고 숨을 내뱉었다. 몽글몽글 피어나는 연기가 문득 신기하다는 생각이 들었다. 내 몸이 그만큼 따뜻하다는 뜻이겠지? 나도 모르게 히죽 웃어 보았다.

"고3이 돼서 그런가?"

엄마는 버스 사고 이후 내 분위기가 많이 달라졌다고 했다. 정확히 어떻게 달라졌느냐 물으면 난처한 표정으로 선웃음을 지었다. 한마디로 단정 짓기 힘들다는 뜻이었다.

귓가에 까치 울음소리가 들려왔다. 고개를 돌리자 나뭇가지에 앉아 있던 새가 날아올랐다. 내 시선이 한 마리 까치를 좇아 먼 하늘로 향했다. 날개가 있으면 좀 더 자유로울까? 누구보다 부지런한 새들을 보면 꼭 그렇지만도 않은 것 같았다. 이건 진짜 새들의 이야기도 꼭 들어 봐야 할 일이다.

나는 공원 안쪽으로 깊숙이 걸어 들어갔다. 날씨가 좋은 날이면 사람들로 북적이던데, 한겨울이라 그런지 공원을 찾은 이는 없었다. 침엽수들이 간신히 초록을 지키고 앙상한 나뭇가지에는 눈꽃이 피어 있었다. 삼십 분 정도면 모두 둘러볼 수 있는 작은 공원이었다. 농구 골대며 운동 기구의 종류도 다양했다. 바람이 불어와 허공에 하얗게 눈꽃을 흩뿌렸다.

나는 운동 기구에 쌓인 눈을 가볍게 움켜쥐었다. 온기 때문인지 눈은 손안에서 금세 녹아 버렸다. 문득 어릴 적 받아쓰기 문제가 생각났다. 모래주머니를 '모레주머니'라 써서 100점을 받지 못했었다. 깎아 놓은 밤톨처럼 동그란 머리의 짝꿍이 내 답안지를 보며 근사한 해석을 했던 기억이 떠올랐다. 정작 그때는 지금 나를 놀리나 싶어 사납게 눈을 흘겼지만 말이다.

정말 모레 주머니가 있다면 어떨까? 오늘 하루를 즐겁게 보내면 모레 주머니에 차곡차곡 행운이 쌓인다는 상상 말이다. 어쩐지 유치하고 허무맹랑한 얘기 같지만 정말 그럴지도 모른다는 은근한 바람이 생겼다. 세상에는 눈에 보이는 것만이 전부는 아닐 테니까. 만약 이런 감정들이 진짜 사고 후유증이라면 그리 나쁘지만은 않다. 어쨌든 나 자신에 대해 생각이 많아진 건 긍정적으로 볼 일이다.

"엄마가 봤으면 이 추운 날 혼자서 웬 청승이냐 하겠네. 완전 넋 빠졌다고."

눈 더미를 밟는데 또르르 뭔가가 굴러왔다. 작은 동전이 내가 찬 눈 부스러기에 맞아 멈춰 섰다. 나는 주머니에서 손을 빼고는 땅에 떨어진 동전을 주워 들었다. 외국 동전인지 크기며 디자인이 낯설었다. 제법 무게가 나가는 것이 진짜 은화인 듯 보였다. 동전 속 서로를 바라보는 두 아이를 보는데 이상하게 웃음이 났다.

그 순간 자박거리는 발소리가 들려왔다. 분명 이 동전의 주인이지 싶었다. 나는 고개 들어 눈앞의 낯선 이를 바라보았다. 큰 키에 호리호리한 내 또래 남자아이였다. 짙은 암갈색의 시선이 내 손바닥에 놓인 동전과 내 얼굴에 차례로 닿았다. 한파주의보에 볼 것 없는 공원을 찾은 사람이 또 있구나? 나도 모르게 웃음이 나왔다.

"그 동전……"

아이가 먼저 입을 열었다. 하얀 입김이 허공에 기묘한 모양을 그리며 가뭇없이 흩어졌다. 힘껏 숨을 들이마시자 1월의 찬 공기가 가슴 깊숙이 밀려들었다.

노래 가사처럼, 내 속엔 내가 참 많다.

배달 음식 주문을 위해 미리 연습하는 나. 청중들 앞에서 태연히 이야기하는 나.

어른이 되면 하고 싶은 거 다 하리라 믿던 나. 어른이 돼도 할 수 있는 게 많지 않은 나.

남들 앞에서 싱글벙글 잘 웃는 나. 집에 와서 괜히 민망해하는 나.

타인과의 관계가 서툰 나. 혼자 남는 건 싫은 나.

이렇듯 수많은 나는 과거부터 현재까지, 그리고 미래에도 계속해서 변할 것이다. 결국 인간의 마음은 단 하나일 수 없다는 뜻이다. 각기 다른 마음들이 서로 툭탁거리며 싸우다 가끔 협력도 한다. 게으르고 굼뜬 행동도, 창피하고 부끄러운 모습도, 모나고 뾰족한 성격도 모두 나임을 인정했다. 그래야 조금씩 둥글게 살아가며, 나와 친해질 수 있을 테니까.

누구보다 나를 아프게 하는 존재는 다름 아닌 나였다. 그 깨달음 끝에 수리와 류를 만났다. 그러나 이번에도 자주 길을 잃었다. 언제쯤 나를 찾아온 주인공에게 미안해하지 않을 수 있을까. 헤쳐 온 물결이 거칠고 험했는데, 등대가 되어 준 김도연 편집자님께 감사드린다. 덕분에 항구까지 무사히 도착했다. 내 안의 가장 어두운 영혼이 봉인 해제될 때마다 곁을 지켜 준, 남편과 아이에게도 고맙다. 그리고 이야기에 귀 기울여 주신 여러분께 온 마음으로 감사를 전한다.

신이 인간에게 준 축복이 있다면, 행복의 주관성이라 생각한다. 인간이 느끼는 행복은 저마다 다를 테니까. 이 얼마나 멋진 일인가. 앞으로는 내가 행복할 수 있는 일에 조금 더 신경 쓰고 싶다. 제일 먼저 향긋한 커피 한 잔을 마시는 것부터 시작해야지.

요사이 며칠간 좀 멍했다. 어쩌면 이탈한 내 영혼에게 선령이 찾아왔는지도 모르겠다. 괜스레 몸과 마음에 한기가 느껴지면, 혹시 또 모를 일이다. 여러분의 곁에도 영혼 사냥꾼이 잠시 머물다 사라졌는지도. 여러분의 시선을 조금 더 내면으로 돌리길, 지극히 주관적인 자신만의 행복에 초점을 맞추길 바란다.

2021년 10월
이희영

**창비청소년문학 106**
# 나나

초판 1쇄 발행 | 2021년 10월 1일
초판 8쇄 발행 | 2023년 9월 15일

지은이 | 이희영
펴낸이 | 강일우
책임편집 | 김도연 정편집실
조판 | 황숙화
펴낸곳 | (주)창비
등록 | 1986년 8월 5일 제85호
주소 | 10881 경기도 파주시 회동길 184
전화 | 031-955-3333
팩시밀리 | 영업 031-955-3399 편집 031-955-3400
홈페이지 | www.changbi.com
전자우편 | ya@changbi.com

ⓒ 이희영 2021
ISBN 978-89-364-5706-8 43810